KB012782

천마사냥꾼

운경 현대 판타지 장편소설

WISHBOOKS MODERN FANTASY STORY

천마사냥꾼 8

운경 현대 판타지 장편소설

초판 1쇄 찍은 날 | 2018년 3월 19일
초판 1쇄 펴낸 날 | 2018년 3월 26일

지은이 | 운경
펴낸이 | 예경원

기획 | 위시북스
편집책임 | 이규재
편집 | 이즈플러스

펴낸곳 | 예원북스
등록번호 | 제396-2012-000132호
등록일자 | 2012. 7. 25
KFN | 제1-236호

주소 | 경기도 고양시 일산동구 호수로 646-24 위너스21 II 빌딩 206A호 (우)10401
전화 | 031-819-9431 팩스 | 031-817-9432
E-mail | yewonbooks@naver.com

ⓒ운경, 2017

ISBN 979-11-6098-873-4 04810
        979-11-6098-441-5 (set)

천마사냥꾼
운경 현대 판타지 장편소설
WISHBOOKS MODERN FANTASY STORY
8
Wish Books

천마사냥꾼

CONTENTS

제23장
초대(2)

4

"허억!"

오스카리나의 육체로 되돌아온 에블린이 부르르 몸을 떨었다. 전혀 예기치 못한 카운터는 비록 정신적 충격임에도 불구하고 강렬했다.

"후우."

가볍게 숨을 뱉은 적시운이 싸늘한 눈으로 그녀를 내려다봤다.

경멸과 조소가 섞인 시선에 에블린의 눈이 충혈됐다.

"너, 너!"

"듣고 있다. 귀머거리 아니니까 목소리 좀 낮추시지."

"너어어!"

도리어 높아지는 음성. 이는 숫제 비명이나 다름없었다.

눈살을 찌푸리는 적시운을 보며 에블린은 한층 분노했다.

"무슨 수를 쓴 거지? 그 늙은이는 뭐야? 대체 네놈의 정체는 뭐지?"

[늙은이라니. 거참 말버릇이 고약한 계집이로고. 저런 것들은 껍데기가 까지도록 볼기짝을 때려줘야 하는데.]

적시운은 피식 웃었다. 타이밍 좋게 흘러나온 천마의 투덜거림 때문이었지만 에블린은 이를 비웃음으로 해석했다.

"가, 감히!"

파밧.

그 순간 아킬레스가 방 안으로 텔레포트했다. 대번에 상황을 이해한 그가 오스카리나를 향해 일갈했다.

"에블린! 이게 무슨 수작인가!"

"닥쳐!"

마주 소리친 에블린이 목젖으로 손을 가져갔다.

"허튼수작하지 마셔, 아킬레스 영감. 조금만 낌새가 이상해도 이년의 멱을 따버릴 거야."

"으음."

아킬레스가 주춤했다. 그의 텔레포트 능력은 그야말로 아광속이었지만 에블린의 반응속도 역시 만만찮게 재빨랐다.

그녀에 의해 정신이 지배된 육체는 평소의 몇 배 이상의 순발력과 근력을 발휘한다. 게다가 고통조차 느끼지 못하니, 자기 자신의 멱을 따버리는 것쯤은 일도 아니었다.

적시운이 시큰둥하게 팔짱을 꼈다.

"대체 뭐 하자는 짓이냐?"

"그건 내가 하고 싶은 말이야. 넌 대체 뭐 하는 놈이지? 어떻게 내 정신 침투를 저지한 거야?"

"대비를 해뒀지."

"대체 어떻게!"

"그걸 내가 일일이 설명해야 하나?"

에블린이 뿌드득 이를 갈았다. 평생 느껴본 적 없는 모멸감과 패배감이 그녀를 휘감았다.

"둘 다 그쯤 해두게."

아킬레스가 나서서 두 사람을 중재시키고자 했다. 그리 효과는 없었지만.

"나는 일방적으로 피해를 입은 입장입니다만."

"그건 알고 있네. 하지만 그렇다고 펜타그레이드와 척을 질 수는 없지 않겠나."

"못 질 건 뭡니까?"

아킬레스의 말문이 막혔다.

에블린의 눈빛이 한층 표독스럽게 변했다.

"A랭크 나부랭이 주제에!"

"그 A랭크 하나 어쩌지 못하는 너는 대체 뭐 하는 머저리지?"

"큭!"

오스카리나의 손등이 힘줄이 돋았다. 분노를 이기지 못한 에블린이 손아귀를 부르르 떨었다.

"이년이 죽어도 좋다는 거지?"

"죽일 테면 죽여. 내 알 바 아니니. 아니, 애초에 내가 그 녀석한테 무슨 짓을 했는지도 알고 있을 텐데?"

에블린이 순간 주춤했다. 적시운은 오스카리나를 납치했으며 그녀의 몸에 알 수 없는 무언가를 심었다. 그녀의 기억을 읽어낸 에블린인 만큼 그 사실 또한 잘 알고 있었다.

찰나의 동요.

그 순간 적시운이 움직였다.

팟!

시우보로 삽시간에 접근. 오스카리나의 마혈을 짚었다. 순간 전신이 마비된 오스카리나의 몸이 그대로 허물어졌다.

'뭐, 뭐야!'

당황한 에블린이 눈동자만 굴렸다. 육체의 지배력을 빼앗긴 건가 싶었으나 그건 아니었다. 다만 육체 자체가 감전이라도 된 것처럼 마비됐을 뿐.

적시운이 곧장 아킬레스를 향해 소리쳤다.

"근처에 본체가 있을 겁니다! 찾아낼 수 있겠습니까?"

멍하니 있던 아킬레스가 황급히 정신을 차렸다. 그녀의 완전 지배 능력 '퀸 오브 하트'를 펼치려면 못해도 5㎞ 안에 있어야 한다는 게 떠올랐다.

'한데 적시운은 그걸 어찌……?'

"찾아낼 수 있겠습니까?"

적시운이 재차 물었다. 정신을 차린 아킬레스가 곧장 대답했다.

"가능할 걸세. 다만 에블린이 능력을 발휘해야 하네. 자네가 알지는 모르겠네만 그녀의 본체는 반경 5㎞ 이내에 있을 걸세."

"곧 이 몸에서 빠져나가거나 다른 수를 쓸 겁니다. 그 정도라면 어떻겠습니까?"

"최선을 다해보지."

'아킬레스!'

에블린이 충혈된 눈으로 아킬레스를 노려봤다.

'나와 맞붙겠다는 거야? 정말로?'

화살 같은 눈총이 날아들었으나 아킬레스는 무시했다. 그래도 그녀의 생각은 읽은 모양인지 한마디를 던졌다.

"네가 자초한 일이다, 에블린."

'큭!'

에블린의 머릿속이 복잡해졌다. 완벽한 마인드 컨트롤에 기억 흡수 능력까지 더해진 퀸 오브 하트라지만 약점이 없지는 않았다.

5㎞의 거리 제한이 하나, 다른 하나는 조종하는 동안 본체가 무방비라는 점이었다.

아예 움직이지 못하는 건 아니다. 본체와 숙주를 동시에 제어하는 것은 가능했다. 다만 그동안 복잡한 행동을 하지 못한다는 것이 문제였다.

원래 계획은 적시운의 몸을 빼앗고 물러날 생각이었다. 그녀의 다른 능력들과 약품을 이용, 적시운을 천천히 세뇌시킨다는 게 계획의 전모였다. 한데 그게 첫 단추부터 꼬여 버렸다.

'게다가……!'

자칫 힘을 썼다간 아킬레스에게 탐지당한다. 이능력의 특성상 기본 전투력은 약할 수밖에 없는 그녀로서는 도저히 반길 수 없는 상황이었다.

퀸 오브 하트의 가장 큰 약점이 이것이기도 했다. 통하지 않는 상대에겐 한없이 속수무책이라는 것.

'일단은 시간을 벌어야 해.'

에블린은 그렇게 생각했다. 어쨌든 더 이상 이능력을 펼치지 않는다면 걸릴 위험은 낮다. 그동안 본체를 움직여 5㎞ 바깥으로 나가면 퀸 오브 하트가 자동으로 해제될 터였다.

그때 적시운이 홀연히 몸을 돌려 방 밖으로 향했다.

"어딜 가려는 건가?"

"보아하니 저 안에서 나갈 생각이 없어 보이는데, 직접 찾아볼 생각입니다."

"직접 말인가?"

"반경 5㎞ 안이라니, 있는 대로 들쑤셔 보면 나오지 않겠습니까?"

"그건 그렇군."

"저년의 본체, 어떻게 생겼습니까?"

"이미 한 차례 만나본 적이 있지 않나?"

잠시 기억을 더듬은 적시운이 눈살을 찌푸렸다.

"어린애였습니까?"

"나와 비슷한 경우일세. 나노 머신을 이식받아 신체 연령을 낮춘 거지."

"고약한 취미군요."

적시운은 쓰러져 있는 에블린을 힐끔 보았다.

에블린은 뇌리를 훑고 지나가는 살기에 흠칫 몸을 떨었다.

"곧 다시 만나게 될 거다. 그때는 네 진짜 눈으로 직접."

"……!"

적시운이 신형을 날려 사라졌다. 아킬레스는 나직이 한숨을 쉬었다.

"이번만큼은 상대를 잘못 골랐어, 에블린."

"……."

아킬레스를 돌아보는 에블린의 눈엔 의문과 경악이 함께 담겨 있었다. 필시 저놈은 대체 뭐냐고 묻고 싶은 것이리라.

대답할 말이 곤궁했기에 아킬레스는 쓴웃음만 지어주었다.

에블린은 그게 비웃음인 줄 알고 눈을 부릅떴지만, 그 이상 뭘 어쩌진 못했다.

'그나저나 기이한 일이로군.'

아킬레스는 심각한 얼굴로 턱을 괴었다.

'에블린의 정신 지배는 거의 완벽하다. 제국 내에서도 다섯 사람을 제외하면 아무도 저항하지 못할 만큼.'

그중 넷은 물론 그녀와 동격, 혹은 그 이상인 펜타그레이드. 그리고 나머지 한 명은 제국의 황제였다.

그만큼 강력하고 두려운 게 에블린의 퀸 오브 하트였다. 때문에 자체 전투력이 전무하다시피 함에도 펜타그레이드 전원이 적으로 돌리길 꺼려 하는 것이었고.

정신 지배 능력은 활용도와 응용력 측면에서 최강의 이능력.

적시운이 눈에 불을 켜고 그녀를 찾으려 드는 데엔 그런 이유도 있을 터였다.

'다시는 허튼수작 못 하도록 지금 확실하게 끝장을 보겠다는 거겠지.'

그 심정은 십분 이해가 되었다.

다만 이해가 되지 않는 것은 역시 하나.

'대체 어떻게 에블린의 정신 지배를 막아낸 거지?'

[역시 본좌의 예측이 들어맞았군. 이것이야말로 신의 한 수가 아니겠는가?]

'어차피 나도 같은 생각이었잖아.'

[그랬지. 하지만 본좌의 인도가 없었다면 상단전의 각성은 꿈도 꾸지 못했을 게야. 안 그런가?]

'그래, 이번만큼은 칭찬해 줄게.'

[이번만큼이 아니라 '이번에도'겠지. 자네가 본좌 덕을 본 일이 어디 한두 번인가?]

'그래, 그래.'

적시운은 대강 대꾸해 주면서도 속도를 늦추지 않았다.

시우보를 펼친 그의 신형은 바람을 가르며 곳곳으로 쇄도했다. 스트롱홀드를 중심으로 한 반경 5㎞ 이내의 공간. 그곳을 샅샅이 뒤지려는 것이었다.

'미리 대비해 두길 잘했다.'

아킬레스가 느꼈던 의문은 정당했다.

순례자는 S랭크 에픽 레벨의 크로울링 드래곤. 기록에 남은 마수들 중에서도 상위 20위 안에 들어갈 역사적인 마수였다. 그런 마수의 코어이니, 흡수를 했다면 아무 변화도 없을 리가 없었다. 가장 효율 낮은 장비를 사용해 흡수하더라도 족히 랭크 업을 하고도 남았을 터. 한데 적시운의 이능력 레벨엔 변함이 없었다.

이유는 간단했다. 코어의 에너지를 랭크 업에 사용하지 않았기 때문이다.

'다크 레이븐.'

시타델에서 마주친 또 한 명의 펜타그레이드. 소녀의 모습으로 나타났던 그녀를 적시운은 뇌리에서 지우지 않고 있었다.

'황혼의 순례자를 잡는다고 해서 모든 게 끝나진 않는다.'

그 이후의 일도 생각해 둘 필요가 있었다. 하물며 음모의 냄새를 풀풀 풍기는 강자가 모습을 드러냈다면.

에블린으로선 적시운 앞에 모습을 드러낸 게 천추의 실수였던 셈이다. 하기야 그녀 정도의 강자가 주도면밀할 리는 없었지만.

에블린에 대한 정보는 미네르바에 기록되어 있었다. 물론 대략적인 수준에 지나지 않았지만 그것만으로도 그녀의 능력을 파악하는 데엔 문제가 없었다.

'역사상 최강의 정신감응 능력자.'

미네르바는 그녀를 그렇게 설명했다.

그리고 그때부터 적시운의 고민이 시작됐다.

다행히 생각할 시간은 많았다. 순례자의 시선을 피해 해저 동굴에 있는 동안엔 할 수 있는 일이 명상뿐이었으니.

그때 천마가 한 가지 제안을 해왔다.

[그 현무 사촌 같은 놈의 환단 말일세. 본좌에게 한번 맡겨보지 않겠나?]

'당신한테?'

[보아하니 그 계집의 능력은 사람 정신머리를 가지고 장난치는 사술인 모양인데, 그에 딱 맞는 호신법이 있거든.]

상단전의 각성.

천마가 제안한 것은 그것이었다.

순례자의 코어에 담겨 있는 막대한 힘을 고스란히 사용, 반쯤은 강제적으로 적시운의 정신을 각성시킨다는 계획이 었다.

당시엔 그러려니 하고 넘겼다. 일단은 눈앞의 문제부터 처리하는 게 우선이었으니. 하지만 순례자를 해치운 후에는 더 미룰 수가 없었다. 앞으로의 상황을 위해서라도.

천마의 말을 따르느냐, 아니면 그냥 평소처럼 염동력의 랭크 업에 사용하느냐.

갈등이 되지 않는다면 거짓말이었다.

다크 레이븐이 정말 적으로 돌아설지도 알 수 없었고, 단번에 랭크 업 할 기회를 날리는 것은 분명 아쉬운 일이었으니.

그때 적시운이 떠올린 것은 황무지의 절대 법칙이었다.

「네 자신을 제외한 그 어떤 것도 믿지 마라.」

일말의 가능성이라도 있다면 의심하고 대비해야 한다. 그 것이 이 삭막한 세상에 남겨진 유일한 불문율.

그래서 적시운은 선택했다. 그리고 에블린의 정신 공격을 방어하는 데 성공했다.

5

관점상의 미세한 차이가 있기는 하나 상단전은 대개 뇌와 동일시된다. 그리고 그러한 시각에 딱히 틀린 점은 없다.

그렇다면 상단전의 역할은 무엇인가?

하단전이 에너지 탱크이며 중단전이 모터라면 상단전은 컨트롤 룸이다. 기를 조작하는 데 필요한 정교함과 세밀함은 상단전에서 기초한다고 봐도 과언이 아니다.

다만 이것은 일반적인 경우. 적시운의 경우엔 여기에 한 가지 요소가 더해져 있었다.

[그게 바로 본좌란 말씀이지.]

천마는 순례자의 코어에 담긴 막대한 힘을 이용, 상단전의 기맥을 모조리 타통시켰다.

달리 표현하자면 제6차크라인 아즈나 차크라(Ajna Chakra)를 열어버린 것이며 대뇌 잠재력을 일깨운 것이었다.

흔히 알려져 있듯 뇌는 인간의 모든 장기를 통틀어 가장 복잡한 장기. 나머지 모든 장기를 합쳐도 뇌의 복잡성을 따라잡진 못한다.

그 잠재력이 일깨워졌다. 이는 실로 많은 것을 의미했다.

[자네도 느끼고 있을 테지. 내공의 조절 및 제어가 예전과는 비교할 수 없을 만큼 쉬워졌다는 것을.]

천마의 말대로였다. 내공의 크기가 늘어나진 않았으나 효율성이 예전과 비교할 수 없을 만큼 증대됐다.

예컨대 과거에 자그만 돌멩이를 깨부수는 데 필요한 내력이 10이었다면 지금은 5 미만의 내력만으로도 같은 힘을 발휘하는 게 가능했다.

[그 밉살스러운 계집애의 공격을 방어한 것도 같은 맥락이네. 물론 그건 온전히 본좌가 의식 전면에 나선 덕택이지만.]

적시운은 천마에게 의식의 제어권 일부를 내주었다. 그러지 않고는 S랭크 정신감응 능력자의 세뇌 공격을 방어할 길이 없었다.

천마에게 육체를 지배당할 수도 있다는 의심은 그리 길지 않았다. 이미 천마와 적시운은 공동 운명체. 정신끼리 싸워 봐야 자멸할 뿐이라는 걸 모를 천마가 아니었다.

'어쩌면 우리 둘 사이에…….'

신뢰라는 게 생긴 건지도 모른다.

적시운은 그렇게 생각했다.

[백회혈부터 이어지는 뇌내혈맥이 모조리 개방됐네. 이는 곧 자네의 정신력뿐 아니라 습득력 역시 상승했다는 의미지.]

천마의 자랑이 이어졌다.

[아마 자네가 사용하는 사술의 발전 속도와 잠재력에도 영향을 끼쳤을걸세. 다분히 긍정적인 영향을-]

'사술이 아냐. 염동력이지.'

[개똥이나 소똥이나.]

'……하여간, 경험치 버프 같은 걸 받았다고 이해하면 되겠지?'

[그건 또 뭔가?]

'그런 게 있어.'

적시운은 우뚝 멈췄다.

10층 높이의 빌딩 정상. 그 아래로 드넓은 시가지와 광장이 펼쳐져 있었다.

휴일이기라도 한 건지 유동 인구가 평소의 배는 됨직했다.

거의 축제 분위기.

황혼의 순례자를 처치한 이후이니 이해는 되었다.

'이곳 어딘가에 있다.'

아무도 오지 않을 곳을 찾는 것보다는 모두가 오려 하는 곳에 숨는 것이 편하고 효율적이다.

적시운은 그렇게 확신했다.

'찾아서 끝장을 낸다!'

'어서 이곳을 빠져나가야 해!'

에블린은 그늘을 벗어났다. 중앙 시가지의 광장. 그 구석에 위치한 건물 아래였다.

나무를 숨기려면 숲에 숨기라던가?

그래서 그녀는 이곳을 택했다. 시타델 최대의 번화가를 말이다.

수백 명이 득실거리는 광장 안이라면 그녀를 찾기도 수월치 않을 것이었다.

그럼에도 그녀는 도저히 안심할 수가 없었다. 놈이라면 반드시 자신을 찾아낼 거라는 불안감이 자꾸만 엄습했다.

'젠장!'

놈의 눈빛이 잊히질 않았다. 숙주의 시각을 통하여 보았음에도 너무나 강렬했다. 그래서 더욱 화가 나는 것이기도 했다. 천하의 펜타그레이드가 고작 A랭크 나부랭이에게 겁을 먹었다는 게.

'4인의 에이스를 데려올걸 그랬어.'

스페이드, 하트, 다이아몬드, 클럽.

4개의 코드명을 지닌 에이스들.

그녀가 세뇌시켜 부하로 만든 인형 중에서도 최강의 4인이었다. 그래 봐야 반쯤은 장난삼아 만든 것에 불과하긴 했다.

게다가 설마 이런 일이 생길 줄은 꿈에도 생각지 못했다. 애초에 그녀의 지배 능력은 다섯 명을 제외한 제국인 모두에게 통하는 것. 사실상 무적이었기에 방심하는 것이 당연했다.

사소한 대비조차 하지 않는 것이 당연했다. 그녀의 능력은 그러한 오만방자조차 얼마든지 허용될 만큼 강력했으니까.

오싹!

등허리에 돌연 소름이 돋았다. 에블린은 걸음을 멈추고 초조한 얼굴로 주변을 돌아봤다. S랭크의 육감이 적색경보를 울리고 있었다.

놈이 다가오고 있다고. 그러니 어서 대비하라고.

"어디! 대체 어디야!"

주변을 두리번거리며 소리치는 에블린.

근처의 몇몇 사람이 그녀를 돌아봤다. 의문과 짜증이 섞인 시선들.

궁지에 몰린 에블린은 개의치 않았다.

"해볼 생각이라면 상대해 주지!"

에블린은 퀸 오브 하트를 조심스럽게 해제했다. 아킬레스에게 추적당할 위험이 높았지만 감수하기로 했다. 그가 펜타 그레이드답지 않게 선량하며 정의롭다는 게 에블린으로선 천만다행이었다.

"기왕 이렇게 된 것, 판돈을 올려보자고!"

에블린은 오스카리나와의 연결을 끊었다. 그녀의 이능력 파장을 예의주시하고 있던 아킬레스가 위치 추적에 성공했다.

그것을 느낀 순간, 에블린은 곧바로 다음 이능력을 전개했다.

'스트레이트 플러시(Straight Flush)!'

에블린이 발산한 무형의 기운이 광장을 덮쳤다. 아무런 방비도 없이 노닐던 사람들의 뇌 속으로 그녀의 힘이 투사됐다.

퀸 오브 하트가 단일 개체를 완벽히 제어한다면 스트레이트 플러시는 다수의 상대를 지배하는 기술.

다만 광범위한 만큼 단점도 많았다. 정신력이 강한 자에겐 통하지 않으며, 기억을 읽는다거나 할 수도 없으며, 복잡한 명령을 내릴 수도 없었다.

이능력자의 경우 더블 B 랭크만 되어도 먹히지 않았다. 비이능력자라 해도 정신력이 강하거나 정신 무장이 잘되어 있는 경우엔 통하지 않았다.

광장의 인파가 대부분 일반인이란 게 천만다행이었다. 못해도 50명 이상이 그녀의 주박에 걸려들었다. 이렇게 지배당한 이들은 이지를 상실한 채 그녀의 명령만을 따르게 된다.

다만 복잡한 명령은 이해하지 못했다. 가히 숨 쉬는 좀비나 다름없다고나 할까.

그래서 에블린은 문자 그대로 단순한 명령을 내렸다. 동양계 남성을 죽이라는 명령을.

번쩍.

텔레포트로 광장에 나타난 아킬레스가 표정을 구겼다. 대번에 상황을 파악한 것이다.

"에블린! 민간인에게까지 손을 댈 참인가?"

"닥쳐! 헛수작 부리면 인질들을 죽이겠어!"

기실 이것이야말로 그녀의 노림수였다. 스트레이트 플러시에 지배당한 50명의 인파는 병사이기 이전에 인질이었다.

"괜한 짓만 하지 않으면 나도 극단적인 선택을 하진 않아. 당신이라면 알겠지?"

"……."

"그냥 날 보내줘. 저 미친 자식에게서 무사히 빠져나가게만 해줘."

"그러면 적시운에게 복수할 생각이잖은가?"

"그래서? 댁이랑은 상관없잖아?"

"그렇지 않다. 나는 그 친구에게 은혜를 입은 입장이야. 해를 입는 것을 가만히 두고 볼 수는 없다."

"그러면 좋아. 백번 양보해서 손 떼겠어. 당신네가 벌이려는 수작도 황제 폐하께 꼰지르지 않겠어. 그거면 충분하잖아?"

"으음."

아킬레스는 고뇌에 찬 얼굴로 침음을 흘렸다. 덕분에 에블린은 한숨 돌렸다.

'이 녀석들을 세뇌시킨 게 정답이었어.'

아킬레스가 더 이상 덤벼들려 할 리는 없었다. 자칫하면 죄 없는 민간인이 다칠지도 모르는 일. 정의감 강한 그가 이를 감수하려 들 리는 없었다.

탓.

적시운이 광장에 내려섰다.

에블린은 그를 향해서도 앙칼지게 소리쳤다.

"너도 더 다가올 생각 마! 개수작 부리면 인질들을 죽이겠어!"

"마음대로 하시지."

시큰둥한 대답.

에블린은 순간 멍해졌다.

"뭐야?"

"귀찮으니 얼른 해. 아니면 내가 도와주랴?"

그게 무슨 개소리냐고 에블린은 물으려 했다. 하지만 그녀가 혀를 놀리기도 전에 적시운이 땅을 박찼다.

팟!

적시운과 가장 가까이 있던 사람이 풀썩 쓰러졌다. 에블린의 입이 쩍 벌어진 순간, 적시운은 쏜살처럼 몰아쳐 10여 명의 사람을 고꾸라뜨렸다.

"뭐, 뭐야?"

20명, 30명.

"이, 이익!"

40명, 50명.

당혹감 속에 머뭇거리는 사이에 주박을 건 사람들이 모조리 널브러졌다.

아킬레스의 텔레포트를 능가할 정도는 아니지만, 그녀가 미리 감지할 수 없다는 점에선 더더욱 무서운 움직임이었다.

아킬레스 또한 갑작스러운 상황에 경악했다.

'저들을 몰살시키다니!'

그러나 자세히 보니 쓰러진 이들은 죽은 게 아니었다. 간 헐적으로 꿈틀거림, 호흡에 의한 몸의 오르내림이 확연히 보 였다.

'죽은 게 아니었단 말인가?'

시우보를 밟아 초고속으로 접근, 그대로 마혈을 짚어 마비 시킨 것. 다만 혈도에 대해 모르는 이들로서는 공격으로 오 해할 만도 했다.

아킬레스가 안도하는 사이, 적시운은 에블린의 앞에 섰다.

"자, 자, 잠깐만 멈춰!"

"싫어."

퍽!

적시운의 주먹이 에블린의 복부에 꽂혔다. 내공을 실은 권 격은 아니었지만 위력은 충분했다.

억 하는 소리와 함께 에블린의 몸이 기역 자로 꺾였다. 머 릿속이 새하얀 백지가 된 에블린은 주저앉아 꺽꺽거렸다.

'바, 반격을……!'

어떻게든 능력을 발휘해서 위기를 벗어나야 한다. 하지만 아무것도 떠오르지 않았다. 공포와 격통이 이성과 냉정을 짓 눌렀다.

육체는 정신을 담는 그릇. 이성마저 마비시킬 고통 앞에서 제대로 된 정신력 발휘가 가능할 리 없었다.

"……."

적시운은 싸늘한 눈으로 에블린을 내려다봤다. 이윽고 그 눈동자에 확고한 의지가 맺혔다.

이를 꿰뚫어 본 아킬레스가 소리쳤다.

"죽여선 안 되네!"

"말해보십쇼."

납득할 만한 이유를 대라는 뜻.

아킬레스는 선뜻 말을 꺼내지 못했다. 그 또한 당혹감이 머릿속이 새하얘져 있었던 것이다.

"어, 어린애를 죽일 참인가?"

"어린애 아니잖습니까? 나노 머신으로 젊음을 유지하는 거라면서요? 설령 어린애라 해도 이 정도로 표독스럽고 위험하다면 싹을 자르는 게 옳습니다."

맞는 말이다.

아킬레스는 하마터면 납득할 뻔했다.

"그녀는, 에블린은 펜타그레이드의 일원일세. 황제께서 직접 임명하신 제국의 수호자란 말일세."

"그 수호자들은 황혼의 순례자가 날뛰는 동안 대체 어디에 있었답니까?"

"비아냥거리려거든 실컷 하게. 다만 기억하게나. 펜타그레이드를 죽인다는 건 제국에 선전포고를 하는 것과 같다는 것을. 제국과 전쟁이라도 벌일 생각인가?"

적시운이 고개를 살짝 돌렸다. 그 눈빛에 실려 있는 것은 깊고도 완연한 살기. 천하의 아킬레스조차 순간 등허리에 소름이 돋을 지경이었다.

"못할 건 뭡니까?"

"……!"

적시운은 고개를 돌려 에블린을 내려다봤다.

배 속이 진탕된 그녀는 이제 눈물 콧물을 쏟아내며 헐떡이고 있었다.

[내버려 두면 복수하려 들 게야. 인간이란 그리도 무지몽매하고 추잡한 동물이거든.]

머릿속의 깊은 심연에서 천마가 속삭였다.

[할 수 있을 때 삭주굴근(削株掘根)하게. 시답잖은 동정심에 놓아주었다간 등허리를 찔리게 될 게야.]

적시운의 눈빛이 착 가라앉았다. 시커먼 기운이 손아귀에 스멀거렸다.

그때 아킬레스가 말했다.

"그렇게 되면 자네는 가족들을 볼 수 없게 될 걸세."

적시운의 움직임이 우뚝 멈췄다. 칼날 같은 살기가 아킬레스에게로 향했다.

"해보자는 겁니까?"

"……!"

아킬레스는 적잖이 당황했다. 암만 그래도 설마 적시운이 자신에게까지 칼날을 돌릴 줄은 예상치 못했던 것이다.

마음 한구석으로는 기가 차기도 했다. 정녕 펜타그레이드와 맞붙어도 자신이 있다고 생각하는 건가 싶었다. 앞서 에블린이 그랬던 것처럼.

'으음.'

아킬레스는 흥분을 가라앉혔다. 그리고 객관적으로 가늠해 보았다. 은원 관계를 잠시 옆으로 치워둔 채, 과연 순수하게 적시운과 맞서 싸울 경우 승산이 어떨지를 계산해 보았다.

'도저히 가늠이 되지 않는군.'

아킬레스는 내심 고개를 저었다.

적시운이 지닌 힘의 원천. 황혼의 순례자를 쓰러뜨리고 에블린의 콧대까지 꺾어버린 그 힘의 정체를 아킬레스는 짐작조차 할 수 없었다. 그것을 파악하지 못하는 한 승리를 장담할 순 없다. 최강의 S랭크 이능력자라 하더라도.

게다가 무엇보다도 그는 여전히 적시운에게 빚을 진 입장이었다. 숨이 붙어 있는 동안은 아마도 영원히.

"싸우자고 하는 얘기가 아닐세. 협박도 아니야. 그저 합리적으로 생각하라는 것뿐일세."

"……."

"자네의 최우선 목표는 집으로 돌아가는 것이지. 한순간의 분노로 그 일을 그르칠 생각인가?"

집으로 돌아간다.

순간 적시운은 온몸을 감싼 고양감이 차갑게 식는 것을 느꼈다.

'이 여자를 죽이면 제국에 선전포고를 하는 셈.'

승패를 떠나 집으로 돌아가는 날이 늦춰질 수밖에 없다. 아킬레스와 척을 지게 된다면 더더욱.

적시운은 호흡을 가다듬고 지그시 눈을 감았다. 분노와 열기가 사라지고 냉정이 돌아왔다.

[이런 빌어먹을.]

잔뜩 신나 있던 천마가 분통을 터뜨렸다.

[본좌가 겨우 고드겨 놨더니만. 에잉.]

'당신 짓이야, 천마?'

[뭐가 말인가?]

'나를 평소보다 미쳐 날뛰게 만든 게 당신이냐고.'

[허허허.]

천마는 웃었다. 실로 우스워 견딜 수가 없다는 듯한 웃음이었다.

[미쳐 날뛰었다고? 대체 누가? 자네가 한 짓을 돌아보게. 50명. 무려 50명일세. 그 많은 자를 일일이 마혈을 짚어 쓰러뜨렸지. 세심하고도 신속하게 말이야.]

천마는 단언했다.

[자네는 미쳐 날뛴 게 아니야. 그 어느 때보다도 냉정하게 판단을 내리고 치밀하게 행동했을 뿐이지. 대체 어느 미친놈이 이런 짓을 할 수 있단 말인가?]

'…….'

[저 계집의 처분도 그러하네. 이번에 그 금발 처자가 당한 것과 같은 일이 다시 되풀이된다면 치명적이겠지. 그래서 자네는 저 계집을 제거하려 했네. 지극히 합리적이고 당연한 판단이었지. 그걸 미쳐 날뛰었다고 표현할 텐가?]

그럴 수야 없었다. 적시운도 천마의 말이 어느 정도는 옳다는 걸 납득했다.

하지만 현실은 이상과 다른 법. 아킬레스가 지적한 부분 역시 간과할 순 없었다.

"그거, 확실한 얘깁니까?"

적시운의 질문에 아킬레스가 주춤했다.

"그거라니, 무엇 말인가?"

"이 녀석을 죽이는 것이 곧 제국에 선전포고하는 것과 같다는 거요."

"하늘에 맹세코 이는 거짓이 아닐세."

아킬레스가 정색을 하고서 말했다.

"펜타그레이드는 폐하께서 직접 임명하신 이들이네. 한 명의 인간이기에 앞서 황제의 사유재산이란 뜻이지."

"황제가 아끼는 물건이기에 부숴선 안 된다 그겁니까?"

"그렇다네. 정정당당한 결투의 결과라면 또 모르겠지만."

"이게 정정당당한 게 아니면 뭡니까?"

"나는 합법적 절차에 대해 말하고 있는 걸세."

적시운은 표정을 구겼다. 그리고 일단은 에블린의 훈혈을 짚었다.

"헉……!"

미약한 숨소리와 함께 에블린이 혼절했다. 아킬레스가 움찔했지만 그녀가 살아 있음을 알고는 이내 안도했다.

"이해해 줘서 고맙네."

"감사할 것 없습니다. 아직 마음을 정한 게 아니니까."

"으음……."

"일단은 몇 가지만 묻죠."

"성심성의껏 답하겠네. 다만 그 전에……."

아킬레스가 주변을 두리번거렸다. 몰려든 사람들이 큼직한 원을 만들고 있었다. 호기심에 몰려들긴 했는데, 그래도 무섭긴 무서운지 꽤나 멀리 떨어져 있었다.

"일단은 남들이 보지 않는 데서 얘기를 나누세나."

두 사람은 스트롱홀드로 돌아왔다.

에블린에겐 이능력 억제 구속구가 채워졌다. 양팔에 두 개씩의 수갑, 발목마다 하나의 발찌, 마지막으로 개목걸이 형태의 구속구까지. 그녀 하나를 제압하기 위해 총 7개의 구속구가 쓰였다. 가히 S랭크 이능력자의 위엄을 보여주는 일면이라 할 수 있었다.

"예전에도 말했지만 대양을 건너는 것은 폐하의 칙령에 반하는 일일세. 그런 만큼 신중하고 비밀스럽게 이뤄져야 하네."

"……."

"에블린을 죽이거나 한다면 문제의 소지가 커질 수밖에 없어. 안 그래도 이번 일로 인해 태풍의 핵이 되어버린 자네가 아닌가."

"제안할 만한 게 있습니까?"

잠시 침묵하던 아킬레스가 입을 열었다.

"하나 있네."

"뭡니까?"

"에블린과 거래하여 그녀의 입을 다물게 하는 거지."

"고작 그겁니까?"

"고작 그걸세. 하지만 기억하게나. 때때로 가장 단순한 방법이 가장 효과적일 수 있다는 것을."

"압니다. 그 반대의 경우도 만만찮게 많다는 것도요."

"자네가 그렇게 못 미더워하는 것도 이해하네. 그렇더라도 일단은 내게 맡겨주지 않겠나?"

적시운은 입을 다문 채 아킬레스를 응시했다.

자칫하면 후환을 키울 수도 있는 일. 과연 그를 믿고 일을 맡겨야 할지 고민이 됐다.

'믿을 수 없는 인물은 아니지만……'

너무나 올곧다는 게 아킬레스의 단점이었다. 워낙 압도적인 힘을 지녔기에 두드러지지 않을 뿐.

그렇기에 마냥 신뢰할 수만은 없었다. 선하다는 것은 대부분의 경우 약점으로 작용하기에.

당장 조금 전만 해도 그랬다. 민간인을 인질로 잡자마자 아킬레스는 허무하게 무력화되지 않았던가.

[그런 주제에 믿고 맡겨달라니. 마치 백도무림의 위선자 놈들을 보는 것 같군.]

혀를 차며 중얼거리는 천마. 적시운도 어느 정도는 같은 심정이었다.

하지만 그렇다고 마냥 불신할 수만도 없었다. 미우나 고우나 집으로 돌아가기 위해선 아킬레스의 힘이 필요했다.

"조건부로 승낙하겠습니다."

"조건이라면?"

"나만 밑지는 장사를 할 순 없잖습니까? 영감님 쪽의 부탁을 들어주었으니 그에 상응하는 대가를 지불하십쇼."

"확실히…… 나는 자네에게 뭔가를 해준 게 없군."

아킬레스가 쓴웃음을 지었다.

"처음의 약속대로 순례자의 숨통을 끊게끔 도와주었는데도 말이야."

"대양만 건너게 해주면 됩니다. 그것과 이것은 별개의 문제고요."

"그럴 테지. 하지만 내 마음이 찝찝한 건 사실일세. 그렇다면 이건 어떻겠나?"

아킬레스가 상체를 끌어당겼다.

"자네에게 완벽하게 어울리는 무기를 선물하겠네."

"무기 말입니까?"

"그렇다네. 에픽 등급 이스턴 소드(Eastern Sword)라면 구미가 좀 당기는가?"

"이스턴 소드라면 동양식 도검이란 말입니까?"

"그렇다네. 폼멜과 칼자루의 형태로 봤을 때 확실하네."

[호오.]

적시운보다도 천마가 눈을 빛냈다.

사실 적시운에게 있어 무기는 어디까지나 도구에 지나지 않았기에 그렇게까지 관심이 가진 않았다.

'전기톱이나 철근을 주워서 싸우는 것만으로도 충분하고.'

[쯧쯧쯧. 그건 자네가 검에 대해 쥐뿔도 모르기에 하는 소리라네.]

'칼이라는 건 결국 휘둘러 벨 수만 있으면 그만 아니야? 명필은 붓을 가리지 않는다는 말도 있잖아.'

[허어, 어디서 주워들은 건 있어서.]

천마가 끌끌 혀를 찼다.

적시운은 천마를 그만 괴롭히기로 했다.

사실 약간은 흥미가 동하기도 했다. 검 자체보다는 에픽 등급이라는 말에.

'레어 이상, 레전더리 이하의 등급.'

강호의 관점에서 보자면 이름난 도공(刀工)이 만들어낸 필생의 역작쯤 될까.

소위 신위(神威)가 서려 있는 명검에 해당했다.

"그런 것을 제게 주겠다는 겁니까?"

"내가 가지고 있어봐야 고철덩이에 불과하니 제대로 쓸 수 있는 자의 손에 들어가는 편이 검에게도 좋겠지."

적시운은 고개를 끄덕였다. 굳이 준다는 걸 마다할 이유는 없었다.

"알겠습니다. 다만 한 가지 약속해 주십쇼. 무슨 일이 있어도 그 여자가 개수작을 부리지 못하게 만들겠다고요."

"물론이네. 내 모든 걸 걸고 맹세하지."

"그래야 할 겁니다."

의미심장한 한마디.

아킬레스는 가슴 한편이 서늘해지는 것을 느끼며 쓰게 웃었다.

오스카리나는 오래지 않아 정신을 차렸다. 적시운에게서 대략적인 이야기를 전해 들은 그녀는 상당히 충격을 받았다.

"다크 레이븐이 나를?"

"그래, 너를 꼭두각시로 만들어 나를 습격하려 했어."

"그걸 당신이 제압했고?"

"지금은 이 건물 지하에 감금되어 있지."

7개의 구속구가 아니더라도 당분간은 얌전히 있을 것이

다. 점혈의 효과가 못해도 하루 이상은 이어질 테니.

"그리고…….."

적시운은 김은혜와 그녀의 무리에 대해서도 설명했다.

"……."

표정이 희미하게 굳었지만 오스카리나는 적시운의 선택을
받아들였다.

"당신이 그걸 바란다면 따라야지. 그녀에 대한 사적인 감
정은 접어두겠어."

"잘 생각했어."

짤막히 대꾸한 적시운이 돌연 그녀의 등에 손을 가져갔다.

"……!"

아직 얇은 원피스 차림이던 오스카리나가 얼굴을 붉혔다.

"저기, 지금 할 생각이야?"

"일단은."

그녀는 이내 뭔가를 납득한 듯 두 눈을 감았다.

"할 거라면 가능한 아프지 않게 해줘."

"그래."

적시운은 그녀의 몸에서 폐혈고를 뽑아냈다. 가슴속에 응
어리져 있던 무언가가 사라지는 느낌에 오스카리나는 청량
감을 느꼈다. 자신이 뭔가를 단단히 착각했다는 것도.

"저기, 그걸 빼내려던 거였어?"

"응, 이제는 이게 필요 없으니까."

"……그걸로 끝?"

"그런데?"

붕어처럼 입을 뻐끔거리던 오스카리나가 억울하다는 표정을 지었다.

"그게 필요 없다는 건 무슨 뜻이야?"

"너, 이젠 이것 가지고 협박하지 않더라도 내 말을 들을 거잖아? 그러니 이걸 굳이 계속 심어둘 필요도 없지."

"……."

"너도 몸속에 시한폭탄 같은 게 있으면 찝찝할 것 아냐? 뭐, 내가 떠나고 나면 자동적으로 사라지겠지만."

그랬다. 적시운은 조만간 바다를 건너 떠나갈 것이었다.

거기까지 생각이 미치니 오스카리나는 돌연 억울해졌다. 뭐라고 말로 설명하기는 어려웠지만, 왠지 모르게 분하고 심통이 났다.

"그래, 곧 떠나가겠지. 그러니까 갈 거면 얼른 가버려!"

날카롭게 쏘아붙인 오스카리나가 문을 박차고 나갔다. 적시운은 의아한 얼굴로 그녀가 사라진 문을 바라봤다.

'뭐야, 이건?'

[뭐긴 뭐가.]

천마가 끌끌 혀를 찼다.

[푹 떠서 후후 불어주는데도 먹지를 못하는 답답한 놈팡이지.]

휘이이이.

삭막한 폐허. 그 위를 홀로 걷는 여인이 한 명.

발을 내디딜 때마다 등허리에 메어둔 소총이 덜그럭거렸다.

스카프에 반쯤 가려진 얼굴은 대략 30대 후반. 피로감에 찌든 느낌이었으나 눈빛만큼은 형형했다.

부욱!

툭 튀어나온 철골 옆을 지나가다 살짝 스친 모양이었다. 백팩이 찢어져 내용물이 쏟아졌다.

"젠장."

여인은 자리에 주저앉아 백팩을 수선했다. 빠른 바느질로 구멍을 메우고는 떨어뜨린 물건들을 주워 담았다.

그 사이에 섞여 있는 사진이 하나. 가족사진이었다.

아련한 얼굴들. 그러나 모두가 떠나가 버린 지금, 그녀는 철저히 혼자였다.

시야가 부옇게 흐려졌다. 여인은 슥 눈물을 닦아내고 일어섰다.

"고작 이 정도 일로 주저앉아 질질 짜서야 말이 안 되지.

안 그래, 적수린?"

여인은 애써 쾌활히 중얼거리고는 걸음을 옮겼다.

옛 과천의 시가지 위로 탁한 햇살이 떨어져 내렸다.

제24장
귀향

1

"으윽⋯⋯."

에블린은 가까스로 정신을 차렸다. 어두운 공간. 차가운 감옥 바닥이 그녀를 반겼다.

"큭!"

몸을 버둥거리자 금속성의 소리가 울렸다. 팔다리에 부착된 구속구였다.

싸늘한 감각이 등허리를 훑고 지나갔다.

'철저히 무력화됐다.'

지금의 그녀는 만인을 두렵게 하는 펜타그레이드가 아니

었다. 그저 무기력한 소녀일 뿐.

흠칫.

뒤늦게 느껴지는 인기척. 방 안엔 그녀 혼자만 있는 것이
아니었다.

"……누구야?"

"흠."

불편한 기색의 침음. 아킬레스였다.

에블린은 내심 안도했다. 일단 최악의 상황은 피했다는 생
각이 들었다.

그녀는 심호흡을 하며 냉정을 되찾았다. 심장박동이 충분
히 진정될 때까지 기다린 후 여유롭게 몸을 돌려 앉았다.

"손님 접대가 최악인걸, 아킬레스."

"네가 저지른 일의 무게를 아직 이해하지 못했군, 에블린."

"충분히 이해했어. 그리고 반성했지. 백작한테 미안하다
고 좀 전해줄래?"

"미안하지만 지금은 네 장난에 장단 맞춰줄 상황이 아니다."

"아, 그래. 비즈니스를 해야 할 시간이라는 거지?"

에블린은 그렇게 중얼거리면서도 연신 두뇌를 회전시켰
다. 보아하니 상황의 주도자는 아킬레스가 아니었다. 펜타그
레이드인 그가 대체 어떻게 옆으로 밀려날 수 있는지 의문이
었지만, 에블린은 일단 납득하기로 했다.

"그 남자, 데몬 오더의 길드 마스터는 어디 있지?"

"그건 나도 모르겠군."

"어디서 그런 괴물을 찾아낸 거지? 유전자 조작이라도 가했어? 그게 아니면 레전더리급 이능력 억제 장비라도 구한 거야?"

"아마도 그 어느 쪽도 아닐 게다."

"그럼 대체 어떻게 내 퀸 오브 하트를 막아낸 거지? 상식적으로 말이 안 되잖아?"

"거듭 말하지만 내게 물어봐야 무의미하다. 솔직히 말해서 나도 그 친구의 능력에 대해선 잘 모르거든."

"그게 말이 돼?"

"된다."

딱 잘라 말하는 아킬레스. 에블린은 순간적으로 할 말이 궁해졌다.

"어쨌든 그 친구는 너의 죽음을 바란다. 내가 강하게 설득하지 않았다면 그 친구의 뜻대로 됐을 테지."

"아, 그래? 고마워서 눈물이 다 나는걸."

"비아냥댈 입장이 아니라는 건 잘 알고 있을 테지. 그럼에도 기어코 비아냥대는 게 너답다면 너다운 모습이군."

에블린은 지그시 입술을 깨물었다. 냉소와 빈정거림으로 화답하고 있었지만, 기실 속이 타들어 가는 쪽은 그녀였다.

"난 너와 그 동양 놈의 거래 내용에 대해 알고 있어. 무슨 말인지 알아?"

"네가 그것을 무기로 우리를 협박하려 들 수도 있다는 거겠지. 그 친구도 그걸 알기에 널 제거하려 한 것이다."

"……정말로 칙령을 어기고 놈을 바다 건너로 이동시켜 줄 생각이야?"

"그래."

아킬레스의 어조는 단호했다. 그만큼이나 적시운에게 큰 빚을 졌다고 생각하는 듯했다.

'펜타그레이드 중에서도 가장 충성심 강한 남자가…….'

그만큼 순례자에 대한 아킬레스의 복수심은 강렬했다. 그런 의미이리라.

에블린은 잠시 침묵하다가 말했다.

"날 풀어줘. 황제 폐하를 비롯한 그 누구에게도 비밀을 발설하지 않을 테니."

"맹세할 수 있나?"

"물론이야. 펜타그레이드로서의 명예를 걸고 맹세하지."

아킬레스는 돌연 쓴웃음을 지었다.

"네가 펜타그레이드의 명예를 운운한다는 게 어쩐지 우습군. 그 누구보다도 명예나 신념 따위와는 거리가 멀었던 네가 아닌가?"

"……그래서, 뭘 어떻게 하겠다는 거야?"

"당장은 아무것도 하지 않을 것이다."

아킬레스가 작게 한숨을 내쉬었다.

"솔직히 말해서, 나로서는 너를 억제할 자신이 없거든."

"억제라니?"

"나는 그리 인간관계에 밝은 편이 아니야. 그 때문에 네이트나 다른 부하들에게 핀잔도 자주 듣고는 하지."

에블린은 의아한 눈으로 아킬레스를 노려봤다.

'이 늙은이가 대체 무슨 말을 하려는 거지?'

"그래도 한 가지는 확실히 알지. 네가 내뱉은 말을 지킬 인물은 결코 아니라는 것. 인간 사이의 신용과 신뢰 같은 것은 다크 레이븐과는 거리가 멀다는 것 말이야."

에블린은 울컥하여 눈을 부라렸다.

"그래서, 날 평생 가둬두기라도 하겠다는 거야?"

"펜타그레이드의 장점이 그거지. 워낙 제멋대로인 인간들이라 갑자기 행방불명되더라도 아무도 걱정하지 않는다는 것."

"폐하께서 호출이라도 하신다면 얘기가 달라질 텐데?"

"마지막 펜타그레이드의 소집이 몇 년 전이었는지 기억이나 하나?"

울컥한 에블린이 몸을 일으켰다. 구속구가 요란하게 철컹거렸다.

"날 영원히 가둬둘 수는 없을걸?"

"알고 있다. 한두 달이면 충분하겠지. 그동안 이 안에서 얌전히 있도록 해."

"이런 짓을 해놓고 내가 용서할 것 같아?"

아킬레스는 피식 웃었다.

"나와 전면전을 벌이겠다면 얼마든지 받아줄 용의가 있다. 폐하께 이실직고하더라도 상관없다. 후폭풍쯤은 나 혼자서도 얼마든지 감내할 수 있으니."

"큭⋯⋯!"

"그러니 적시운 그 친구를 방해할 생각일랑은 이쯤에서 접도록 해."

"왜 그렇게까지 놈을 떠받드는 거지? 고작 마수 한 마리를 해치운 것 때문에?"

"그 마수 한 마리야말로 내 인생의 모든 것을 바치고자 했던 적수였다."

아킬레스는 담담히 말했다.

"하지만 나 혼자였다면 무리였을 것이다. 데이브레이크도, 시타델에 모여든 길드들도⋯⋯ 분전하긴 했지만 놈을 쓰러뜨리기엔 무리였지."

"⋯⋯."

"적시운은 그런 황혼의 순례자를 쓰러뜨렸다. 내 평생을 바친 복수를 달성하게 해주었지."

답답하고 고지식한 늙은이.

그렇게 한마디를 쏘아주고 싶었으나 에블린은 결국 입을 열지 못했다. 아킬레스의 태도가 너무나 진지했기에.

자칫 잘못 자극했다간 뼈도 추리지 못할 것이 분명했다.

"할 말은 이걸로 끝인 것 같군. 그럼 허튼수작 부릴 생각 일랑 말고 얌전히 있도록 해라."

"자, 잠깐!"

"두 달은 생각만큼 그리 길지 않은 시간이다. 이참에 느긋하게 사색이라도 하기를 권하지."

"아킬레스!"

아킬레스의 모습이 덜컥 사라졌다.

에블린은 애꿎은 철창살을 두 손으로 붙들었다. 억세게 흔들기라도 할 생각이었으나, 가냘픈 손으로 흔들기엔 철창이 너무 굵었다.

"제기랄!"

김은혜와의 일을 일단락 지은 적시운은 아지트로 귀환했

다. 일행과 짤막하게 회포를 푼 이후, 적시운은 곧장 본론으로 들어갔다.

"조만간 바다를 건너갈 생각이야."

예상하고 있던 얘기였기에 놀라는 이는 없었다.

"이동 경로에 대해선 생각해 보셨나요?"

"마음 같아선 한반도로 바로 이동하고 싶지만, 아킬레스 영감의 말에 의하면 그건 힘들다더군."

"좌표를 설정하기가 어려울 테니까요."

클라리스가 말했다.

S랭크의 텔레포트라 해도 만능은 아니었다. 이동 거리에도 한계가 있을뿐더러 좌표 설정에도 여러 애로 사항이 있었다.

대체로 텔레포트는 두 가지 계열로 분류된다. 하나는 가까운 곳을 빠르게 이동하는 블링크(Blink) 계열, 다른 하나는 먼 곳을 이동할 때 쓰이는 워프(Warp) 계열이었다.

워프 계열 텔레포트는 두 가지 과정을 거쳐 이루어진다. 그중 첫 번째이자 가장 중요한 게 좌표 설정이었다.

"3차원 좌표를 잘못 설정하기라도 하면 큰일이 난다고 들었어요. 바위틈에 끼이거나 세포 단위로 분해되어 버린다거나……."

"마수들이 득실대는 바다 한가운데에 떨어질 수도 있겠지."

아킬레스는 한 번도 한국 땅을 밟아본 적이 없었다. 한국 뿐 아니라 아시아 지역 자체를 가 본 적이 없다고 했다. 그러니 좌표 설정에도 어려움이 많을 터였다.

"그래서 말인데, 혹시 위성을 해킹할 수는 없을까?"

클라리스가 눈을 빛냈다.

"북미 제국의 위성을 말인가요?"

"그래, 생각해 보니 관측 위성은 지구상의 모든 공간을 관측할 수 있을 것 아냐?"

적당한 위성사진만 있어도 좌표 설정에 큰 도움이 될 터였다.

"제 실력이라면 가능하기는 하겠지만…… 역추적당할 위험이 너무 커요."

클라리스의 얼굴에 갈등이 스쳤다.

"그렇더라도 시운 님이 바라신다면 하겠어요. 은혜를 조금이나마 갚을 수 있다면 위험쯤은 얼마든지 감수할 수 있어요."

"아니, 딱히 강요할 생각은 없어. 아직 아킬레스 영감이랑 얘기도 나눠보지 않았고."

"조만간 말씀을 나누시겠군요."

"그래, 그 전에 너희에게 물을 게 있어."

적시운이 재차 일행을 돌아봤다.

"나는 한국으로 갈 거다. 무책임하게 느껴지겠지만 사과하진 않겠다. 내 목적은 처음부터 고향으로 돌아가는 것뿐이었으니까."

"아무도 탓할 생각 따윈 하지 않습니다."

올리버가 말했다. 헨리에타와 밀리아가 고개를 끄덕여 동의했다.

"데몬 오더는 너희가 알아서 하도록 해. 길드를 존속시켜도 상관없겠지만, 웬만하면 해산하는 게 나을 거야. 동지보다는 적이 꼬일 확률이 압도적으로 높으니까."

"그건 걱정하지 않으셔도 돼요. 저희도 시운 님을 따라갈 거니까요."

밀리아가 쾌활하게 말했다.

적시운은 미간을 살짝 찡그렸다.

"따라오려고?"

"네, 길드장이 가는데 길드원이 따라가는 건 당연하잖아요?"

"나와 아티샤, 그렉도 따라가기로 결정했어."

헨리에타가 말했다. 적시운이 돌아보자 아티샤가 배시시 웃었다.

"왠지 재미있을 것 같아서요."

"재미없을걸. 환경도 여기보다 척박하면 척박했지 결코

낮지는 않을 테고."

"네, 유념할게요."

생각을 바꾸겠다는 말은 분명 아니었다.

적시운은 설득을 포기하고 그렉을 돌아봤다.

"너도 따라올 생각인가?"

"음."

"어째서?"

"네가 전수해 준 힘. 그것을 좀 더 깊이 파들어 가보고 싶다. 그러려면 필연적으로 너와 함께 행동해야 한다는 결론이 나올 수밖에."

적시운은 그렉의 체내를 투사해 봤다. 예상보다도 많은 내력이 단전에 쌓여 있었다. 그래 봐야 아직은 한 줌의 모래나 다름없는 수준이었지만.

이는 헨리에타와 아티샤, 밀리아도 마찬가지. 적시운과 떨어진 동안에도 수련을 게을리하지 않은 모양이었다.

"너희는 어떻지?"

"마음 같아선 저도 따라가고 싶지만……."

클라리스가 쓴웃음을 지었다.

"제겐 책임져야 할 사람들이 있어요. 그들을 두고 이곳을 떠나는 건 아무래도 힘들 듯해요."

"그렇군. 올리버, 너는?"

"저도……."

갈등하는 기색이 올리버의 얼굴에 드러났다.

"명령이라고 하기는 좀 그렇지만."

적시운은 그의 어깨에 손을 얹었다.

"이곳에 남아 클라리스를 도와줬으면 좋겠어. 아무래도 그녀 혼자서는 조금 힘들 것 같거든."

"적시운 님, 저는……."

"너는 원래 이곳, 시타델의 요원이었지. 상황이 좀 꼬이긴 했지만."

어차피 모두를 데리고 갈 수는 없는 일이다. 조금이라도 내키지 않는 사람은 남겨두는 편이 나았다.

오슬로를 비롯한 스펙터 출신들도 시타델에 남는 것으로 정해졌다. 그 외의 자잘한 일은 클라리스에게 모두 일임하기로 했다. 적시운이 지니고 있던 통장과 그 안의 자금 역시 모두 그녀에게 맡겼다.

이제 남은 일은 집으로 돌아가는 것뿐.

다만 그 전에 만나봐야 할 사람이 있었다.

2

"마침내 가시는군요."

"응, 여기서 오래 죽치고 있어봤자 얻을 것도 딱히 없으니까."

"역시 적시운 님은……."

김은혜가 부드럽게 웃었다.

"제가 생각했던 것 이상으로 자상하신 분이셨네요."

"뭐가?"

"마음의 짐이 될까 봐 확실하게 뒷정리를 하고 가시려는 거잖아요?"

"딱히……."

적시운은 먼 곳을 바라보며 말끝을 흐렸다.

아담한 방 안이었다. 시타델 지방 정부가 내어준 연립주택. 원래 묵던 곳과 비교하자면 천국이나 다름없었다.

"오스카리나하고는 만나봤어?"

"아뇨, 제가 만나고 싶어 하더라도 그 아이가 싫어할 거예요."

"만나고 싶기는 한 거고?"

"지금은 조금 어려울 듯싶어요. 서로에게 시간이 필요할 거라고 생각해요."

"그래."

당사자들의 뜻이 그렇다면 적시운이 더 참견할 것은 없었다.

"그 외에 몇 가지 더 묻고 싶은 게 있어."

"듣고 있답니다."

"북미 제국의 위성 시스템에 접속할 수 있을까?"

단도직입적인 질문. 김은혜는 그래야 할 이유 따위를 되묻지는 않았다.

"네."

짤막하면서도 분명한 대답.

적시운은 자신의 생각을 그녀에게 털어놓았다.

"과연, 위성사진을 비롯한 정보를 통해 이동 경로를 채택하실 생각이란 거군요."

마수들이 창궐한 이후로 지구의 지형은 지속적으로 변동해 왔다. 빠르고도 분명하게.

오스트레일리아가 가라앉았고, 시베리아 지방이 소멸한 것이 그 대표적 변화. 그 외의 자잘한 지각 변동은 일일이 나열하기도 힘들 지경이었다.

"내가 집을 떠난 이후의 10년 동안에도 많은 게 변했겠지."

"그러니 이동에 앞서 미리 파악해 두시겠다는 거군요."

"그래, 준비가 철저해서 나쁠 건 없으니까."

처음 북미 대륙에 도착했을 때와는 많은 것이 달라졌다. 수개월에 불과한 짧은 기간. 그동안 적시운의 힘과 능력은 그야말로 일취월장했다.

하지만 그렇다 하여 막 나갈 수만은 없었다. 세상엔 언제나 만약의 경우란 게 있는 법이니.

지난번의 폭주 때문에라도 신중해질 필요가 있었다.

'제국에 선전포고라니.'

북미 제국이 더 이상 두렵진 않았다. 그렇더라도 쓸데없는 싸움에 휘말릴 이유 따위는 없었다. 천마는 그러한 적시운의 생각이 마뜩잖다는 듯 혀를 찼다.

[아직도 그런 나약한 생각을 하고 있는 겐가?]

'그 나약한 생각 덕에 목숨을 건진 경우가 부지기수니까.'

[천마신공 덕택에 목숨을 건진 경우가 더 많을 것 같구먼. 최소한 이 동네로 온 이후에는 말이야.]

부정하기는 어려운 얘기. 그래서 적시운은 그냥 무시하기로 했다. 어차피 천마와 말싸움을 해봤자 남는 것도 없었으니.

"이동 경로도 이동 경로지만, 한반도 주변의 상황을 확인하고 싶어."

"한반도 주변이라면…… 중국과 일본 말씀이군요."

"그래, 북한 쪽도 어떤지 알아볼 필요가 있고."

"관측 위성의 정보만으로는 완벽하지 않을 거예요."

"그래도 건질 만한 게 아주 없지는 않겠지."

단순히 지형뿐 아니라 방사능 구름의 분포, 바다의 오염 정도 등을 통해 많은 정보를 추출할 수 있을 터였다.

적시운의 요구를 이해한 김은혜가 고개를 끄덕였다.

"확실히 그 말씀이 옳군요. 게다가 아킬레스 님이라고 해서 단번에 한반도까지 이동하실 수 있는 건 아닐 테고요."

"클라리스에게 같은 부탁을 해봤더니 난색을 표하더군."

"클라리스에게요?"

"응, 해킹 실력이 상당한 모양이던데 제국 측의 역추적을 피하긴 어려울 것 같다더군."

"아마 그럴 거예요. 제국 전산망의 방어 시스템은 거의 완벽하거든요."

"당신도 뚫기 힘들 만큼?"

"저로서는 불가능하겠죠. 애초에 전문적인 해커도 아니니까요."

해킹 이외의 다른 방법이 있다는 뜻.

적시운이 물끄러미 바라보자니 김은혜가 빙긋 웃었다.

"제국 전산망의 최고 접속 권한을 지닌 사람이, 시운 님 바로 곁에 있잖아요?"

"아킬레스 영감?"

"네."

"펜타그레이드에게 그런 권한도 있어?"

"말 그대로 황제 폐하 다음가는 권력을 지닌 존재들이니까요. 전산망 접속 권한쯤은 오히려 곁다리에 가깝죠."

적시운은 미간을 찡그렸다.

"그 노인네, 전자 장비 같은 거랑은 거리가 멀어 보이던데."

"아마 아킬레스 님 본인은 잘 모르실 거예요."

"자기가 그런 권한을 가졌는지도?"

"네, 아마 네이트가 알고 있을 테죠."

적시운은 나직이 탄성을 뱉었다.

"그 심부름꾼 녀석 말이군."

"어릴 적부터 남을 잘 챙겨주는 아이였지요. 설마 그분의 밑으로 들어갈 줄은 몰랐지만요."

"잘 아는 사이야?"

"네이트 역시 오스카리나와 같은 신인류 프로젝트의 적성 인자였어요."

김은혜가 주도했다는 인간 개조 프로젝트.

적시운은 살짝 미간을 찌푸렸다.

"그 프로젝트라는 거, 무슨 잔인무도한 생체 실험 비슷한 건 아니겠지?"

"멀쩡한 사람에게 병균을 주사한다거나 하는 것 말인가요?"

"그래."

김은혜는 고개를 가로저었다.

"그런 거라면 발을 담그지도 않았을 거예요."

"그러면 됐어. 별로 자세히 알고 싶지는 않아. 어쨌든 그

녀석에게 물어보면 될 거라는 얘기지?"

"네, 그 외에도 뭔가 알고 싶은 게 있는지요?"

어쩌면 그녀와의 마지막 대화가 될지도 모른다. 캐낼 만한 게 있다면 최대한 캐내는 편이 좋을 터였다.

잠시 생각하던 적시운이 말했다.

"황제는 대체 어떤 작자지?"

북미 대륙에 도착한 이래 내내 적시운을 따라다녔던 의문이었다. 민주국가가 멸망한 자리 위에 제국이라는 구시대적 사회 체제를 세우고 쇄국령을 펼쳐 외부와 단절시킨 인물. 일국의 지도자이면서도 정작 거의 알려진 것은 없는 편이었다.

강권 통치자들의 공통점이나 다름없는 사진 한 장 퍼져 있지 않았다. 이름과 연령 같은 기초 정보를 제외한 모든 것이 베일에 싸여 있었다. 적시운이 보기엔 이해할 수 없는 일이었다.

"제국 내 연구원이었고, 제법 영향력 있는 프로젝트를 맡았던 당신이라면 알 것 같은데. 황제가 대체 어떤 작자인지 말이야."

"그분은……."

김은혜가 말끝을 흐렸다. 공포인지 연민인지 모를 감정이 그녀의 눈에 드러났다.

"한마디로 표현하기 어려운 인물이랍니다. 지금은 그렇게

밖에 말할 수가 없을 것 같군요."

"어떻게 생겨먹었는데?"

"그건……."

말을 이으려던 김은혜가 이마를 감싸 쥐고 신음했다. 적시운은 의아함을 느끼고는 기운을 발하여 그녀의 체내를 살폈다.

상단전 백회혈 근처에서 이물질이 감지됐다. 유심히 살펴본 적시운은 내심 침음을 흘렸다.

'전자칩인가?'

분명했다. 마이크로미터 단위의 자그마한 반도체칩. 상단전의 각성으로 기감의 정밀함이 높아지지 않았다면 눈치채지 못했을 것이다.

"죄송해요. 조금 전 질문이 뭐였죠?"

김은혜가 눈을 비비며 물었다.

"언제부터 그런 걸 달고 있었던 거지?"

"그런 거라니요?"

"머릿속의 칩 말이야."

"네?"

김은혜가 멍한 표정을 짓더니 이내 얼굴을 일그러뜨렸다. 적시운이 어떻게 해야 하나 고민하는 사이, 그녀가 무거운 한숨을 토하고서 입을 열었다.

"죄송해요. 나이가 들어서 그런지 요즘 따라 자꾸 뭔가를 깜빡하게 되네요. 조금 전에 뭐라 하셨었죠?"

"……몸조리 잘하라고 했어."

"그랬군요."

김은혜가 부드럽게 웃었다. 정작 적시운은 도저히 웃을 수가 없었지만.

"너무 걱정하지는 마세요. 육체의 노화는 어쩔 수 없는 자연의 섭리랍니다."

"아킬레스 영감이 들으면 코웃음을 칠걸."

"하긴 그럴지도 모르겠군요. 그래도 어쩔 수 없지요. 아무나 나노머신을 주입받을 수는 없는 일이니까요."

"당신은 그런 걸 주입받은 적이 없다는 거군."

"네, 제가 알기로는요."

적시운은 고개를 끄덕였다.

"알겠어."

내공을 주입해 머릿속의 칩을 터뜨릴까 하는 고민도 들었다. 하지만 실행에 옮기진 않았다. 칩을 부수는 게 김은혜에게 어떤 영향을 미칠지 알 수 없었기 때문이다.

김은혜와 헤어진 적시운은 오디세우스를 찾아갔다. 그리

고 짤막한 절차를 거쳐 곧바로 네이트와 만났다.

"아킬레스 영감은 어디 있지?"

"잠시 외출 중이십니다. 딱히 말씀이 없으셨던 걸로 보아 곧 돌아오실 겁니다."

"기다리지."

적시운은 의자에 앉아 팔짱을 끼었다. 어딘지 모르게 날이 서 있는 듯한 느낌에 네이트는 의아함을 느꼈다.

"차라도 한잔하시면서 기다리시겠습니까?"

"됐어."

"알겠습니다."

어색한 침묵이 방 안에 흘렀다. 헛기침을 한 네이트가 정중하게 말을 꺼냈다.

"이미 아킬레스 님께도 수차례 감사를 들으셨겠지만 저를 비롯한 데이브레이크 역시 적시운 님에게 감사를 표하고 싶습니다."

"알랑방귀는 됐어. 너희를 위해서 한 일이 아니다."

"물론 그렇겠습니다만 결과적으로 저희를 구원해 주신 게 사실이잖습니까?"

"정말 그렇게 생각한다면 오스카리나나 잘 도와주도록 해."

"예, 물론 그럴 생각입니다."

적시운은 대꾸하지 않았다. 잠시 고민하던 네이트가 직설

적으로 물었다.

"뭔가 마음에 안 드는 일이라도 있습니까?"

적시운은 고개를 돌려 네이트를 노려봤다.

"……."

미간을 꿰뚫을 듯한 시선에 긴장하는 네이트. 적시운이 노려보는 것은 정확히 그의 두개골 너머였다.

'이 녀석 또한 마찬가지다.'

네이트의 뇌 안에도 전자 칩이 부착되어 있었다. 설마설마하던 것이 현실로 부쩍 다가오는 느낌이었다.

'그럼 다른 사람들도?'

적시운이 자리에서 벌떡 일어났다. 네이트의 입장에선 예측할 수 없는 행동의 연속이었다.

'일단은 아킬레스부터 만나보자.'

그렇게 생각을 굳힌 적시운이 자리에 주저앉았다.

"무슨 일이라도 있습니까?"

"아니, 아무 일도 아냐."

이토록 설득력 없는 말이 또 있을까 싶었다. 네이트가 어떻게 해야 하나 전전긍긍하고 있을 때, 마침내 구세주가 돌아왔다.

"내가 찾아갈 생각이었는데 자네가 먼저 찾아왔군그래."

스르륵.

텔레포트로 모습을 드러내는 아킬레스. 왼손에는 검을 쥔 채였다. 일본도보다는 한국식 환도와 중국식 박도의 중간쯤 되는 형태를 지니고 있었다. 적시운에게 선물하겠다던 에픽 레벨 이스턴 소드가 분명했다. 그 출처나 형태 등에 의문과 호기심이 들었으나 지금은 그보다 중요한 일이 있었다.

"……."

적시운은 말없이 아킬레스를 노려봤다. 의도적이다 못해 노골적이기까지 한 시선에 아킬레스 역시 당황했다.

"왜 그렇게 뚫어져라 쳐다보나?"

살기가 전무하지 않았다면 적시운이 자신을 적으로 여긴 다고 착각했을지도 모른다. 아킬레스를 바라보는 적시운의 시선은 그만큼 날카로웠다.

'없다.'

천마신공의 기감을 총동원, 아킬레스의 뇌 내를 투사한 적 시운이 안도의 한숨을 뱉었다.

"단둘이서 얘기를 좀 나누고 싶습니다."

"음?"

"중요한 일입니다."

적시운의 어조는 확고했다.

아킬레스는 떨떠름해하면서도 이를 수긍했다.

"그러지. 그럼 네이트, 잠깐 밖에……."

"우리가 나가죠."

적시운이 아킬레스의 말을 잘랐다. 그제야 아킬레스도 상황이 심상찮다는 것을 느꼈다.

"알겠네. 그러세나."

두 사람이 텔레포트를 통해 사라졌다.

3

오디세우스의 외부 갑판.

텔레포트를 통해 그곳으로 이동한 적시운과 아킬레스가 서로를 마주 보며 섰다.

"그래, 하고 싶다는 얘기가 뭔가?"

의문 가득한 얼굴로 아킬레스가 물었다.

"그 전에 우선 한 가지만 묻겠습니다."

"질문은 내가 먼저 했네만."

"예, 그러니 답변도 먼저 하십쇼."

"……뭔가 이상한 논리 같구먼. 어쨌든 알겠네. 물어볼 게 뭔가?"

"황제를 만나본 적이 있습니까?"

아킬레스는 잠시 멈칫했다. 어처구니가 없다는 표정. 그래도 적시운의 태도가 진지한지라 농담으로 받아들이기가 어려웠다.

"당연한 걸 묻는군."

"그럼 대답 좀 해주십쇼. 북미 제국의 황제는 대체 어떤 인간입니까?"

다른 사람이 이와 비슷한 말을 꺼냈다면 불경으로 받아들였을 것이다. 신성 모독으로 즉결 처분을 해도 지나치지 않을 터였다. 하물며 충성심이 강한 편인 아킬레스라면. 아킬레스가 얌전히 있는 것은 순전히 그 말을 꺼낸 이가 적시운이기 때문이었다.

"나는 자네에게 평생을 바쳐도 씻기 어려울 빚을 졌지. 하지만 그렇다고 해도 언행에는 주의를 해주었으면 좋겠군."

"황제가 대체 어떤 인간이냐고 묻는 게 모독이라도 된다는 겁니까?"

"뉘앙스만 봐도 단순한 호기심의 문제가 아니잖은가? 자네의 음성에서 폐하에 대한 불신과 적개심이 느껴지네."

"그럴 수밖에 없으니까요."

아킬레스의 표정이 딱딱하게 굳었다.

"부디 제대로 된 설명을 해주었으면 좋겠군. 그러지 않으면……."

적시운은 뒤에 생략된 말이 무엇인지 묻지는 않았다. 대강 추측이 가는 데다가 더 시간 낭비를 하고 싶지도 않았다.

"그러죠. 설명해 드리겠습니다."

설명은 짤막하고도 명확했다. 김은혜와 네이트, 두 사람의 대뇌에 부착되어 있는 초소형 전자칩, 황제에 대해 물었을 때 김은혜가 보인 기이한 반응. 적시운은 그 두 가지 모두를 가감 없이 설명했다.

"이제 내가 왜 황제에 대해 물었는지 이해가 갑니까?"

"……."

"참고로 영감님 머릿속엔 심어져 있지 않습니다. 다른 어딘가에 있을 가능성도 없지는 않겠지만요."

아킬레스는 믿을 수 없다는 표정이었다.

"자넨 대체 그걸 어떻게 알아냈나?"

"감지 능력으로 알아냈습니다."

"S랭크 이능력자인 나조차도 눈치채지 못했던 것을 말인가? 대체 어떻게?"

"그건 설명하기 애매합니다. 해봤자 이해하지도 못할 테고요."

"자네가 착각했을 수도 있다는 얘기로 들리네만. 혹은…… 거짓말일지도 모르지."

"그렇게 믿고 싶다면 마음대로 하십쇼."

아킬레스는 나직이 침음을 흘렸다.

"만약 자네의 말이 사실이라고 하세. 하지만 그걸 폐하께서 주도하셨다고 단정 짓기엔 물증이 너무나 부족해. 어쩌면 김은혜나 다른 연구원들이 진행한 프로젝트의 일부일지도 모르잖나."

"그럴지도 모르죠."

어쩐지 미적지근한 반응. 아킬레스는 눈매를 좁힌 채 적시운을 바라봤다.

"내가 어떻게 해주길 바라나?"

"딱히 뭘 어떻게 해달라는 건 아닙니다. 어차피 나는 곧 이곳을 떠날 테니까요. 그저 알아두기나 하라는 겁니다."

"그러니까…… 순수한 선의로 알려줬을 뿐이라는 건가?"

"예, 뭔지 모를 구린 측면이 있다는 것만은 사실이니까요."

"으음."

"하지만 나는 여기에 깊이 관여하고 싶지 않습니다. 자기네 백성의 머리에 전자칩을 심는 국가라고 해도 나를 방해하지만 않는다면 굳이 적으로 돌릴 필요는 없겠죠."

"……자네다운 대답이군."

"짧게나마 동맹 관계였기에 말해드린 것입니다. 흘려듣고 말고는 영감님 자유입니다."

"유념하겠네. 얘기해 줘서 고맙네."

그 말이 정말인지, 아니면 상황을 대충 넘기기 위한 대답에 불과한지는 알 길이 없었다. 그래도 최소한의 할 도리는

다했다는 생각이 들었다.

'그나마 불행 중 다행이군.'

아킬레스의 머리에도 전자칩이 심어져 있었다면 낭패였을 것이다. 물론 칩의 기능에 대해선 거의 알지 못했지만 유익한 용도로 심어졌을 거라는 생각은 조금도 들지 않았다.

칩을 심은 주체가 황제나 그 추종자란 것만은 확실해 보였다. 그러지 않고서는 김은혜가 보인 단기 기억 상실이 설명되지 않았다.

미심쩍은 부분이 많은 상황. 하지만 적시운이 일일이 신경 쓸 수는 없는 노릇이었다.

'우선순위는 따로 있다.'

집으로, 한국으로 돌아간다.

더 이상은 미룰 수 없었다. 괜히 엉뚱한 곳을 긁어 부스럼을 낼 이유 또한 없었다.

적시운은 관측 위성과 관련된 얘기를 꺼냈다. 아킬레스 역시 적시운의 의도를 바로 알아챘다.

"무슨 말인지 알겠네. 네이트에게 말해 정보를 입수해 두겠네."

"지금 바로 할 수 있겠습니까?"

"어렵지는 않을걸세."

"그럼 일단은 위성사진부터 본 이후에 얘기하죠."

두 사람은 집무실로 귀환했다. 간결한 설명을 들은 네이트가 고개를 끄덕였다.

"그리 오래 걸리지는 않을 겁니다."

과연 네이트는 10분도 지나지 않아 몇 장의 사진을 현상해서 돌아왔다.

"그냥 PDA에 사진 파일을 담아 오는 편이 나았을 텐데."

"아킬레스 님께선 디지털보단 아날로그 체질이셔서 말입니다."

네이트가 눈을 내리깐 채 대답했다. 어째 시선을 회피하는 듯한 모습. 아직 적시운에 대한 경계심을 풀지 않았다는 게 느껴졌다. 그렇더라도 딱히 마음에 둘 것은 없었지만.

두 사람은 위성사진을 확인했다. 가장 먼저 눈에 들어온 것은 역시 베링해협. 사실상 최단 루트라 할 수 있는 곳이었다.

하지만 그것도 옛 지식을 기준으로 했을 때의 얘기. 시베리아 동부가 소멸했다는 것은 적시운도 익히 알던 사실이다. 설령 그렇다 하더라도 두 대륙 간의 거리가 300㎞ 미만이리라는 게 원래의 추측이었고.

하지만 위성사진을 보니 그 추측이 빗나갔다는 것을 알게 되었다.

'알래스카가 사라졌다.'

미국 북서쪽 끄트머리의 주. 옛 러시아 제국으로부터 단돈

720만 달러로 구매했다는 드넓은 땅. 세계 1위의 매장량을 자랑하는 석탄을 비롯해 무궁무진한 자원을 품고 있는 곳이었다.

하지만 그것도 옛날 얘기일 뿐. 적시운의 망막에 비치는 위성사진엔 시커먼 바다만이 남아 있을 따름이었다.

'더 이상 해협이라고 부를 수도 없겠군.'

육지 사이의 좁은 바다이기에 해협(海峽)이라 불리는 것이다. 지금으로선 도저히 어울리는 명칭이 아니었다.

'그렇더라도……'

여전히 물리적 거리를 따진다면 그곳을 통과하는 것이 가장 나아 보였다. 최소한 태평양 한복판을 횡단한다거나, 대서양을 넘어 서유럽부터 육로로 이동하는 것보다는 확실히 나을 터.

아킬레스도 같은 생각을 한 모양이었다.

"보아하니 이곳을 넘어가는 편이 가장 나아 보이는군."

지도를 짚은 손가락이 포물선을 그리며 시베리아를 지나 연해주까지 이어졌다.

"일단 이쪽 대륙에 당도하기만 한다면 나머지는 육로로 충분히 이동할 수 있지 않겠나?"

"예."

육로를 택할 경우 필연적으로 북한을 통과해야 한다. 이것은 크게 걱정이 되진 않았다. 북한 정권은 붕괴된 지 오래. 38선 이북의 땅은 마수에게 완전히 넘어갔다.

그것이 10년 전 이야기. 애초에 북한이 미국처럼 나름의 저력을 지닌 국가도 아닌바, 지금이라 하여 뭔가가 달라졌을 것 같진 않았다.

'어쨌든 마수들을 뚫고 나가는 거라면 그리 어려울 것은 없다.'

적시운의 판단은 그러했다.

"이곳, 연해주까지 텔레포트로 이동이 가능합니까?"

"아마도 가능할걸세. 시도해 본 적은 없지만 말이야."

"미리 해보는 게 좋을 것 같은데요. 별문제가 되지 않는다면."

"음."

미묘한 침음을 흘린 아킬레스가 턱을 쓰다듬었다.

"데려갈 일행에 대해선 생각해 두었나?"

"예, 몇 명까지 가능합니까?"

"10명 이내라면 얼마든지 가능할걸세."

적시운은 고개를 끄덕였다.

데려갈 사람은 헨리에타 일행 4명뿐. 적시운 자신을 포함해도 5명이 전부였다.

'일단은 말이지.'

"그럼 내일 아침에 다시 만나세. 혹여나 빼먹은 일이 있다면 오늘 다 해두게나."

"알겠습니다."

아킬레스가 줄곧 왼손에 쥐고 있던 검을 내밀었다. 앞서 그가 말했던 에픽 레벨 이스턴 소드. 수백 년 묵은 유물은 아니고 현대의 장인이 옛 기록을 기반으로 하여 만든 물건이었다. 환도와 박도의 중간 형태를 띤 것은 아무래도 그 때문인 듯했다. 각 도검의 장점만을 따온 모양새랄까. 사실 그것만 이라면 딱히 감탄할 것은 없었다.

적시운은 검을 몇 차례 휘둘러 보았다. 손아귀에 착 감기는 느낌. 그 외의 별다른 특이점은 느껴지지 않았다.

[검기를 주입해 보게.]

천마의 조언.

적시운은 조심스럽게 천마검기를 흘려 넣었다. 흑색의 기운이 검 위에 맺혔다.

우우우웅.

칼날이 은은하고도 부드러운 공명음을 토했다. 당장은 깨지지 않을 듯한 느낌. 적시운은 천마검기의 주입량을 서서히 늘렸다. 검의 공명이 한층 강렬해졌지만 여전히 칼날은 안정적인 모습이었다.

'천마검기를 성공적으로 버텨내고 있다.'

검 대용으로 썼던 전기톱은 물론이고 밀리아의 대검보다

도 확연히 뛰어난 내구도였다.

"이 검, 일반적인 금속으로 만들어진 게 아니군요."

"음, 상상을 초월하는 강도와 경도를 지닌 특수 합금으로 만들어졌네. 듣자 하니 지구상에선 거의 나지 않는 광물이라 더군."

[그럴 수밖에.]

천마가 나직이 대꾸했다.

[이건 암만 봐도 운철(隕鐵)이거든.]

'운철?'

[극도의 양기(陽氣)를 머금은 금속이지. 한철의 대척점에 위치한 물건이야. 뭐, 하늘에서 떨어졌다는 것 말고는 본좌도 아는 바가 거의 없지만 말일세.]

여하간 한 가지는 분명해 보였다. 금속의 출처가 어찌 되었든 간에 적시운의 천마검기를 버텨낼 만한 물건이라는 것.

'에픽 레벨 무기라는 거군.'

"사실 내게 있어선 장식품이나 다름없는 무기였네. 뛰어난 강도와 경도를 지녔다고 한들 결국 냉병기는 냉병기일 뿐이니까. 하지만 자네가 쥐게 된다면 얘기가 달라질 것 같군."

"잘 사용하겠습니다."

"그래 준다면야 선물한 나 또한 기쁠 걸세."

적시운은 검기를 거뒀다. 운철검의 칼날 위에서 이글거리던 시커먼 기운이 거짓말처럼 사라졌다.

"아마도 북미 제국에서의 마지막 밤이 되겠군. 미련이 남지 않게끔 보내도록 하게나."

"예."

짤막한 인사를 마치고 적시운이 오디세우스를 나섰다.

아킬레스는 침묵 속에서 자신의 방으로 돌아갔다.

'뇌 안의 전자 칩이라.'

그의 표정이 자연히 일그러졌다. 적시운의 말을 듣고 나니 한동안 그저 그러려니 하고 넘겼던 사실들이 새롭게 다가왔다.

"폐하……."

혼란의 시기에 기적처럼 탄생한 대제국. 그 거대한 나라를 경영하는 인류의 구원자, 황제. 그것이 세간에 알려진 사실이었다. 제국과 황제가 끊임없이 각인시키고자 한 이미지였다.

하지만 아킬레스는 잘 알고 있었다. 그것이 결국 잘 꾸며진 겉치레에 불과하다는 것을.

황혼의 순례자를 향한 복수에 눈이 멀어 그동안은 외면해 온 진실이었다. 복수를 마치고 난 지금에야 확연히 보였다. 제국이란 국가가 얼마나 썩어 있는지 말이다.

4

아킬레스는 뒤늦게 자각했다. 황제에 대해 적시운이 물었을 때, 자신이 결국 제대로 된 대답을 하지 않았음을.

황제는 어떤 인간인가?

아킬레스가 만나본 황제는 지배자다운 풍모와 패기, 그리고 연륜을 지닌 인물이었다.

북미 제국의 황제 라자루스.

마수들에 의해 초토화된 불모지를 일구어 대제국으로 만들어낸 사내였다.

그는 일세를 풍미한 영웅이었다. 마수들에게 유린당하던 인간들을 규합, 대대적으로 반격하는 동시에 공동체를 구축했다.

처음은 부락에 불과하던 곳이 도시가 되었고, 이윽고 도시들이 합쳐져 국가를 구성했다.

황제는 강력한 카리스마와 리더십으로 신민들을 지휘해 북아메리카 대륙의 대부분을 마수들의 손아귀로부터 수복했다.

위대한 북미 제국의 탄생이었다.

'그가 없었다면 더 많은 이가 마수들에게 희생되었을 것이다.'

자신의 딸과 같은 희생자들이 부지기수로 늘어났을 터. 그렇기 때문에라도 아킬레스는 황제에게 충성할 수밖에 없었다.

제국이 그리 완벽한 국가가 아님에도 지지했던 것은 단순한 필요악 이상의 공동체라 생각했기 때문이다.

'하지만 만약 적시운의 말이 사실이라면……..'

백성들의 뇌에 전자칩을 박아놓은 국가. 그 의도가 좋은 것이리라 추측하는 건 지나치게 낙관적인 생각일 것이었다.

"그만."

아킬레스는 나직이 중얼거렸다. 물증 하나 없는 의심을 홀로 해봐야 결론은 나지 않았다.

이럴 때 가장 좋은 방법은 역시 하나뿐이었다.

정면으로 부딪쳐 확인하는 것.

"적시운을 바다 너머로 보내준 후 황제 폐하를 알현하리라."

그것이 아킬레스가 내린 결론이었다.

엄밀히 말해 결론이라기보단 유보에 가까웠지만 지금으로선 이게 최선이었다.

"뭘 그렇게 뚫어져라 쳐다봐?"

'없다.'

적시운은 속으로만 중얼거렸다. 김은혜와 네이트 브락시온에게서 발견했던 뇌 내의 칩이 헨리에타의 머릿속엔 없었다. 혹시나 싶어 아티샤와 그렉, 밀리아 또한 확인해 보았다. 그들 역시 헨리에타와 마찬가지로 칩이 없었다.

'중요 인물들에게만 칩을 심어놓은 건가? 그렇다면 그 용도는?'

일단 한 가지는 확실했다.

황제와 관련된 기억의 조작.

이는 김은혜가 보였던 반응을 통해 알 수 있는 사실이었다.

'부하들을 편하게 써먹고자 심어둔 것이겠지.'

김은혜는 정부 소속 연구원이었고 네이트 역시 정부 소속의 실험체였다. 윗대가리들이 얼마든지 수작을 부릴 수 있었으리라.

누가 생각한 건지는 몰라도 꽤나 지독하고 집요한 안배가 아닐까 싶었다.

"저기, 무슨 일이라도 있는 거야?"

재차 질문하는 헨리에타. 상념에서 벗어난 적시운이 눈을 비볐다.

"아무것도 아냐."

"거짓말."

"좋을 대로 생각하셔. 어쨌든 내일 바로 출발하게 될 것 같으니, 준비할 건 준비하고 정리할 건 정리해 두도록 해."

헨리에타가 어깨를 으쓱했다.

"여기가 본거지도 아니었는데 정리할 게 뭐가 있겠어?"

"그건 그렇군."

이곳에서 제법 많은 일을 겪었는데도 딱히 집과 같은 느낌은 들지 않았다. 애초부터 적시운의 목적 자체가 이곳을 떠나는 데 있었기 때문일 터였다.

"그런데요, 시운 님."

밀리아가 끼어들었다.

"이 녀석은 어쩌죠?"

"어떤 녀석?"

"이 녀석이요."

왼손을 들어 올리는 밀리아. 비상식량이 목덜미를 잡힌 채 대롱대롱 매달려 있었다.

이제는 어지간한 성견에 맞먹는 몸집. 두어 달에 불과한 기간 동안 폭발적으로 성장한 결과였다.

적시운은 물끄러미 녀석을 쳐다봤다. 비상식량 또한 꿰다 놓은 보릿자루를 보는 눈으로 적시운을 쳐다봤다. 암만 봐도 주인을 대하는 태도와는 거리가 멀었다.

"데려가야지. 여기에 둬봤자 누가 돌봐줄 것도 아니고. 그리고 여차하면 써먹어야 하니까."

"써먹다니?"

"이름값을 하게 만들어줘야지."

헨리에타가 미간을 살짝 찡그렸다. 비상식량은 자기 얘기인 줄도 모르고 연신 버둥거릴 따름이었다.

끈덕진 인연을 맺은 이는 많지 않았기에 일일이 작별 인사를 하느라 시간을 낭비할 일도 없었다. 그래도 특별한 몇 사람만큼은 꼭 만나서 얘기를 나눌 생각이었다.

"그래서 찾아오셨다는 거군."

"그래, 애석하게도 오늘은 거래 때문이 아냐."

작센은 특유의 무표정한 얼굴로 유리잔을 닦았다.

"아쉽게 됐군. 귀하는 좋은 손님이었는데."

"얼굴은 전혀 아쉬워하는 표정이 아닌데?"

"원래 표정이 이렇소."

"그건 그런 것 같더군."

적시운은 대꾸를 하는 동시에 작센의 머릿속을 살폈다. 한 번 신경을 쓰게 되니 자꾸만 전자칩에 관심을 쏟게 되는 느낌이었다.

작센의 뇌에는 전자칩이 없었다. 하지만 뭔가 희미한 자국

같은 게 남아 있었다. 대뇌 피질에 남아 있는 자그만 상처. 전자칩이 달려 있던 흔적이었다.

"떼어냈군."

"음? 무엇을 말이오?"

적시운은 잠시 고민하다가 입을 열었다.

"당신 말이지. 원래 제국 중앙 정부 소속이었나? 김은혜처럼?"

작센은 침묵 속에서 힐끔 적시운을 쳐다볼 따름이었다. 대답하지 않겠다는 의미. 평소였으면 적시운은 그러려니 하고 물러났을 것이다. 하지만 지금은 달랐다.

"꼭 대답을 들어야겠어."

"내 과거를 캐는 일은 그다지 생산적인 일이 아닐 것 같소만."

"내게 있어선 중요해."

"어떻게 중요하다는 말씀이오?"

"설명하기 복잡한데, 그냥 묻는 말에 대답이나 해주면 안 될까?"

달칵.

작센이 컵을 내려놓고서 적시운을 응시했다. 적시운 또한 그 시선을 피하지 않고 받아냈다.

짤막한 침묵.

고요를 먼저 깬 쪽은 작센이었다.

"얘기는 들었소. 김은혜와 그녀의 무리를 시타델로 복귀시켰다지."

"그래."

"그러고 보면 귀하에게는 빚을 여러 차례 졌지. 클라리스의 일부터 시작해서 말이오."

작센은 나직이 한숨을 쉬었다.

"그에 보답하는 의미로 대답해 드리리다. 나는 본디 제국 중앙 정보국 소속이었소."

"CIA(Central Intelligence Agency)?"

"그렇소. 엄밀히 말하자면 ICIA(Imperial Central Intelligence Agency)이오만."

"김은혜와도 그때부터 알고 지냈던 건가?"

"그렇소."

"머릿속의 칩은 언제 떼어냈지?"

앞선 대화와는 전혀 연관성이 없는 뜬금없는 질문. 그러나 작센의 표정은 전혀 못 알아들은 이의 그것이 아니었다.

"……."

작센의 낯빛이 눈에 띄게 창백해졌다. 그것만으로도 결론을 내리기엔 충분했다.

"당신은 알고 있었군."

"……."

"최고의 장물아비 겸 정보상이라는 게 거짓말은 아니었나 보네. 하기야 중앙 정보국쯤 되는 요직에 있었다니 이상할 것도 없지."

"칩에 대해선 어떻게 아셨소?"

"우연히. 예전보다 육감이 예민해진 덕분에."

"육감…… 이라고?"

"그래, 참고로 네가 머릿속에 이식된 전자칩을 끄집어냈다는 것도 알고 있어. 방법은 뭐였지? 두개골을 쨌나?"

"……!"

작센의 눈동자에 생경한 감정이 떠올랐다. 적시운이 제대로 본 게 맞다면 그 감정은 분명 공포였다.

"처음 만났을 때와는 너무나도 다른 느낌이군. 요 수개월 사이에 귀하는 진정 괴물로 성장했구려."

"칭찬으로 받아들이지."

"당연하게도 칭찬이오. 아마도 내가 건넬 수 있는 가장 큰 칭찬일 테지."

"고맙긴 한데 칭찬 말고 진실을 말해줬으면 좋겠어. 그 칩은 뭐지? 무슨 용도로 만들어져서 사람들의 머릿속에 심어진 거지?"

"……."

"걱정하지 마. 떠벌리거나 하는 일은 없을 테니. 당장 내일이면 나는 이곳에 없을 거다."

"그런데도 진실을 알아야겠다는 말씀이군."

"궁금증은 풀고 싶거든. 이 북미 제국이란 나라가 얼마나 썩어빠졌는지 제대로 확인하고 싶어."

작센의 입가가 미묘하게 일그러졌다. 회한이 어려 있는 쓴웃음이었다.

"페르세포네. 그 초소형 다용도 칩의 이름이오. 기능에 대해선 아마 귀하 또한 어느 정도는 예상하고 있을게요."

나직이 심호흡을 한 작센이 말을 이었다.

"무의식 레벨에서의 정신 제어 및 기억 조작. 페르세포네의 주 기능이지. 다시 말해 그 칩을 머리에 달고 있는 이상, 황제가 바라는 대로 행동할 수밖에 없게 되오."

"김은혜가 정보를 빼돌리고 동족들과 탈출한 것도 황제의 뜻대로란 말이야?"

"그렇지는 않소. 애초에 황제는 그녀에게 딱히 흥미를 두지 않았으니 말이오."

"칩이 심어진 사람이 한둘이 아니라는 말로 들리는데."

"족히 수천 명은 될 것이오. 중앙 정부 소속이라면 하나의 예외도 없이 이식 수술을 받았을 테니."

"수술을 받았다는 기억 자체를 지워 버린 건가?"

"그럴 필요조차 없소. 신체검사 과정에서 약물로 잠시 재운 다음 특수 주사기를 사용해 두개골 안쪽에 칩을 박으면 끝이니 말이오."

"퍽 간편한 방법이군."

"그렇소. 치가 떨릴 만큼 간편한 방식이지."

"당신은 그걸 알고서 머릿속의 칩을 제거했고?"

고개를 끄덕인 작센이 머리칼을 쓸어 올렸다. 정수리보다 약간 아래쪽에 선명한 흉터가 남아 있었다.

"머리 껍질을 가르고 드릴로 두개골에 구멍을 뚫어야 했지. 박을 때는 간편한데 빼기 위해선 전문적인 뇌수술이 필요하오. 페르세포네가 진정으로 무서운 이유지."

"……."

"왜 그런 사실을 공표하지 않았느냐고 비난하려거든 하시오. 변명할 생각 따윈 없으니."

"비난할 생각도 없어. 내가 당신 입장이었어도 그랬을 테니까."

적시운이 의자를 밀어내고 일어섰다.

"어차피 의문만 해소할 생각이었기도 하고. 더 파고들 생각은 딱히 없어. 솔직히 황제고 제국이고 하는 짓거리가 마음에 드는 건 아니지만, 내가 오지랖 넓게 끼어들 일도 아닌 것 같거든."

"다시 돌아올 생각은 없는 모양이로구려."

"글쎄……. 되도록 돌아오는 일이 없었으면 좋겠지만 세상일은 한 치 앞도 모르는 거라."

작센이 병 하나를 꺼내어 잔에 따랐다. 연녹색의 액체. 시큼한 알코올 향이 코끝을 간질였다.

"이별주요. 부디 마셔주셨으면 좋겠소."

적시운은 잔을 받아 들었다.

"꽤 비싸 보이는데. 미안하지만 가진 돈은 다 클라리스에게 넘겼어."

"비매품이니 걱정 마시오."

너무나 작센다운 표현에 적시운은 피식 웃었다.

"솔직하게 선물이라고 하면 좋을 텐데."

"어떻게 받아들이든 그것은 받는 이의 자유일 테지."

"그건 그렇네."

적시운은 단숨에 술을 털어 넘겼다. 차가운 불길이 식도를 타고 위장을 향해 질주했다.

"부디 고향에서의 일은 잘 풀리기를 바라겠소."

"그래, 당신도 잘 지내."

특별할 것 없는 짧막한 인사를 끝으로, 적시운은 번스타인 바를 나섰다.

하지만 곧바로 아지트로 돌아가진 않았다. 대신 걸음이 향한 곳은 스트롱홀드였다.

[그 금발 처자를 또 만나려는 건가? 하긴 재회를 기약하기 어려운데 만리장성 하나쯤은 쌓고 가야지.]

'그쪽에 용무가 있는 게 아냐.'

[하면 누구를 만나려는 건가?]

'다크 레이븐.'

[흐음, 그런가?]

농담기가 다분하던 천마의 음성이 순식간에 착 가라앉았다.

[결국 해치우기로 결정한 모양이군. 하긴 조용히 해치우기만 한다면 내일까지는 발각되지 않을지도 모르겠군.]

'그런 게 아냐. 그 여자를 죽이진 않을 거다.'

[하면 뭔가? 설마 본좌가 생각하는 그런 건 아닐 테지?]

적시운은 눈살을 찌푸렸다. 천마가 말하는 '그런 것'이 대체 뭔지는 생각도 하지 않기로 했다.

'언제가 되었든 간에, 다시 이곳에 돌아오게 될지도 모른다는 생각이 들어. 그래서…….'

적시운의 체내에서 천룡혈독공의 기운이 꿈틀댔다.

'보험을 들어두려는 것뿐이야.'

5

"제기랄."

어두운 감방 안.

에블린은 이를 갈며 중얼거렸다.

"내가, 내가 이대로 있을 줄 알고? 이 다크 레이븐이 이런 치욕을 겪고도 그냥 넘어갈 줄 알아?"

감옥이라면 으레 배치될 법한 간수를 포함, 그 어떤 종류의 인기척도 존재하지 않았다.

대신 그곳에 있는 것은 수십 대의 감시 카메라와 적외선 감지 장치. 첨단 감시 체계가 층 전체에 거미줄처럼 펼쳐져 있었다.

스트롱홀드의 무인 감호 시스템. 인간을 완전히 배제해 둔 시스템은, 그렇기에 오히려 안전적이었다. 특히나 갇힌 인물이 정신계 능력자라면 더더욱.

에블린이 기적적으로 7개의 구속구를 풀어낸다 한들 이곳을 빠져나간다는 건 불가능에 가까웠다.

"빌어먹을⋯⋯!"

어둠 속을 노려보는 그녀의 눈동자가 야수처럼 이글거렸다.

"큰 실수를 한 거야, 아킬레스. 큰 실수를 한 거라고."

복수하리라.

에블린은 거듭 다짐했다. 아킬레스는 물론이요, 그 동양 놈에게도 기필코 복수할 것이었다. 이번엔 그저 방심했기에 당했을 뿐. 애초에 그녀가 준비를 갖춰 군단을 끌고 왔다면 이런 일은 결코 없었으리라.

그녀는 적시운을 생각하며 이를 갈았다.

"나만의 조커로서 아껴줄 생각이었는데…… 감히 이런 식으로 내게 비수를 꽂아?"

자신과 황제를 제외한 모든 것은 장난감일 뿐. 그나마 대우해 주는 것도 5인의 펜타그레이드가 전부였다. 때문에 그녀는 죄책감도 느끼지 않았다.

"부하들도 내게 복종하는 게 좋다고 했어. 모두 내가 옳다고 했단 말이야."

에블린이 손끝을 이로 뜯으며 횡설수설했다.

"나는 옳아. 나는 언제나 옳아. 항상 옳다고!"

"그러니까 그 모양 그 꼴인 거다."

갑작스레 들려온 목소리.

"……!"

에블린은 입을 다물었다. 그리고 긴장 속에서 어둠 너머를 노려봤다. 처음엔 약간의 기대도 품었다. 인간이 나타났다는 것은 세뇌할 상대가 생겼다는 의미였기에.

하지만 기대감은 이내 공포로 바뀌었다. 그녀의 능력을 제

한하는 7개의 구속구 때문이기도 했지만 무엇보다 목소리의
주인이 누구인지 알아차렸던 까닭이다.

"너, 너⋯⋯!"

"입 닥쳐."

저벅저벅 걸어 나온 이는 적시운이었다.

에블린의 이가 부딪치며 딱딱 하는 소리가 났다. 잊었다고
생각했던 공포가 뱃속으로부터 치솟아 올랐다. 적시운의 주
먹에 적중당했던 자리가 미칠 듯이 욱신거렸다.

내장이 꼬이고 관절이 비틀리는 듯한 감각. 눈앞이 핑핑
돌아갔다.

"뭐, 뭐야. 왜 찾아온 거지?"

"후환을 없애려고."

"⋯⋯!"

에블린의 얼굴이 파랗게 질렸다. 미칠 듯이 몰려드는 억울
함에 그녀의 언성이 커졌다.

"그, 그 일은 아킬레스에게 맡긴 거였잖아! 나를 죽여선
안 된다고 아킬레스가 말했잖아!"

"마음이 바뀌었다."

"화, 황제 폐하께서 가만히 계실 것 같아? 내가 죽고 나면
폐하께서 그냥 두시지 않을 거야! 너와 네 졸개를 모조리 멸
하실 거라고!"

"알 바 아냐."

진심이다.

에블린은 적시운의 눈동자로부터 그 사실을 느끼고는 몸을 바르르 떨었다.

"사실 약간은 고민도 되었어. 아킬레스 영감의 사정도 있고 해서. 어쨌든 그자는 나를 집으로 돌아가게 해줄 사람이니까."

"그, 그러면……."

"한데 네가 떠드는 소리를 듣게 됐지. 타이밍 좋게도 말이야."

"큭!"

에블린은 자기 입을 찢어버리고만 싶었다.

"대놓고 복수할 거라는 녀석을 굳이 살려둘 필요는 없지. 널 죽여서 생길 문제가, 널 살려서 생길 문제보다는 그래도 작을 테니."

"자, 잠깐!"

"아킬레스 영감도 내게 고마워하게 될걸."

적시운이 앞으로 한 걸음 다가갔다. 에블린은 후다닥 뒤로 물러났다. 얼마 지나지 않아 벽에 막혔지만.

"거짓말이었어! 그건 그냥 혼잣말을 한 것뿐이야. 결코 진심이 아니었다고!"

"내가 머저리로 보이나 보군. 그게 아니면 네가 머저리든가. 진심으로 그런 말을 옳다구나 믿을 거라 생각하나?"

"들어오지 마!"

철컹.

감옥 문이 열렸다. 적시운은 거침없이 창살 안으로 들어갔다.

"들어왔는데?"

"이익!"

에블린이 튕기듯 앞으로 내달렸다. 적시운을 밀쳐 내고 문 밖으로 튀어 나갈 생각이었지만 살짝 스치자마자 도리어 튕겨져선 바닥을 굴렀다.

"컥!"

그저 부딪혔을 뿐인데도 격통이 전기처럼 몸을 타고 흘렀다. 뼛속까지 쪼개지는 듯한 고통에 에블린은 게거품을 물었다.

적시운은 성큼성큼 걸어가 그녀의 머리에 손을 얹었다. 두개골이 꽉 조이는 감각에 에블린이 몸을 떨었다.

'그대로 부서진다!'

무력한 여자애의 머리를 바스러뜨리는 것쯤은 일도 아닐 터. 뇌와 두개골이 케이크처럼 으깨지고 말 터였다.

"사, 살려⋯⋯!"

"싫어."

손가락 끝에 힘이 실리는 게 느껴졌다.

"까아아아악!"

온몸을 뒤틀며 발광하던 에블린이 어느 순간 축 늘어졌다. 그녀의 아랫도리가 축축해지더니 감방 안에 암모니아 향이 확 풍겼다.

적시운은 손을 놓았다. 에블린은 자신이 싼 오줌 웅덩이 위로 철퍼덕 엎어졌다. 비스듬히 바닥에 포개진 얼굴 사이로 거품이 보글거렸다.

[자넨 너무 물러 터져서 탈이야.]

천마가 끌끌 혀를 찼다.

[가장 확실한 건 숨통을 끊는 것인데 말이지.]

"그래서는 뒷맛이 더러우니까. 나야 괜찮지만 시타델이 위험해질 수 있어."

적시운은 손바닥을 내려다봤다. 푸르스름한 기운이 희미하게 남아 있었다.

"지금으로서 최선은 이 녀석을 살려두면서 허튼짓을 못하게 만드는 거야."

[그래서 정신억압고(精神抑壓蠱)를 심었다는 말이군.]

폐혈고보다는 두 단계 위의 고독. 시전자의 의지에 반응하여 혈액순환을 방해하는 폐혈고와 달리, 정신억압고는 뇌에 직접적으로 반응한다.

어떤 면에선 황제가 심어놓은 전자칩과도 비슷했다. 적시운도 거기서 힌트를 얻어 사용하기로 마음먹은 것이었다.

"기왕 할 거라면 황제와 같은 방식으로 맞서는 게 모양도 살겠지."

[흠.]

정신억압고의 작용 방식은 단순하다. 특정한 패턴의 사고를 하게 될 경우 작용하여 강력한 통증을 유발한다. 물론 방아쇠가 되는 사고가 무엇인지는 적시운이 임의로 정할 수 있었다.

이 경우엔 '적개심'.

적시운과 아킬레스에게 적대적인 사고 및 행위를 하려 할 시엔 정신억압고가 어김없이 반응할 것이다.

작용 방식부터 기능까지 제국의 전자칩과 상당히 닮아 있는 고독이었다.

[물론 본좌의 정신억압고가 훨씬 빼어나겠지만 말일세.]

에블린이 구속에서 해방되더라도 정신억압고를 어찌하진 못할 것이다. 애초에 내공과 이능력은 그 본질부터가 완전히 다르기에. 두개골을 가르고 뇌를 째더라도 별반 뾰족한 수가 없으리라.

고독을 없애는 방법은 둘뿐. 시간의 흐름에 따라 내공이 소모되어 자연 소멸하거나, 모종의 방법으로 내공을 없애거나.

후자의 경우엔 아마도 불가능할 터. 전자의 경우, 최소 10년쯤 지나면 자연 소멸하게 될지도 몰랐다.

"최소한 그동안은 찍소리도 내지 못하겠지."

[그 이후엔 어쩔 참인가? 복수심이란 의외로 끈질긴 법인데.]

"글쎄. 한 9년쯤 지났을 때 새로 하나 달아놓으면 되지 않겠어? 아니면……."

적시운의 눈빛이 착 가라앉았다.

"그땐 정말 해치워 버리면 그만이고."

[음.]

적시운은 감방 밖으로 나갔다. 하지만 계단으로 바로 향하진 않고서 잠시 기다렸다.

팟.

감옥 층 전체에 불이 켜졌다. 엘리베이터를 타고 누군가가 내려왔다.

"내가 온다는 걸 알고 있었나 보네."

문을 열고 나온 이는 오스카리나였다.

"아니, 알고 있었다기보다는 내려오게끔 유도했다고 하는 편이 정확하겠어."

"유도하다니?"

"그렇잖아? 감시 카메라와 적외선 장치를 무력화시키지도 않고서 왔으니."

"보통은 그렇다고 해서 직접 내려오진 않지."

"그런 대화를 듣고 나서 가만히 있을 수만은 없잖아. 더군다나 다른 사람도 아닌 저년이라면."

오스카리나의 눈에서 살기가 풀풀 흘렀다.

하기야 잠시나마 정신 지배를 당했었으니 적개심이 넘쳐날 만도 했다.

"근데 나중엔 누구랑 얘기한 거야? 단순한 혼잣말 같지가 않던데."

"귀신."

"귀신? 유령이라고?"

"그래, 늙고 잔소리 많은 유령 말이야."

[자네, 그거 진심으로 하는 소린가?]

"정말이야."

[으음…….]

오스카리나는 고개를 갸웃거렸다. 그리고 적시운이 별로 재미없는 농담을 했다고만 생각했다.

"어쨌든…… 죽이지는 않은 거지?"

"그래."

"죽이는 대신에 폭탄을 심었구나. 내게 했던 것처럼."

"응, 더 강한 걸 심어뒀지."

"그렇구나. 음, 고마워."

오스카리나가 몸을 외로 살짝 꼬았다. 잠시 머뭇거리던 그녀가 힐끈 적시운을 돌아봤다.

"내일 떠나는 거지?"

"그래."

"준비는 다 한 거야?"

"대강은."

"더 만나야 할 사람은 남아 있고?"

"글쎄……."

"저기, 더 할 일이 없으면 말이야."

오스카리나가 얼굴을 살짝 들이밀며 말했다.

"올라가서 차라도 좀 마실래?"

"어딜 갔다 온 거야?"

아직 어스름도 깔리지 않은 새벽.

아지트에 돌아오자마자 헨리에타가 얼굴을 들이밀었다. 적시운은 약간 황당함을 느끼며 대꾸했다.

"안 자고 있었어?"

"말 돌리지 마. 밤새 어디에 있었던 거야?"

"……스트롱홀드."

"그 백작이랑 같이 있었던 거지?"

적시운은 얼떨떨하게 고개를 끄덕였다. 대체 그걸 무슨 수로 알았나 생각하며.

"그 여자 향기가 몸에 배어 있으니까."

적시운의 생각이라도 읽은 듯 헨리에타가 말했다. 확실히 그녀의 방 안이 아로마 향으로 가득하긴 했다.

"그 여자랑 뭐 했어?"

"……차 마셨는데."

"밤새 차만 마셨다고?"

"얘기도 좀 나눴지."

"침대 안에서?"

[그랬으면 본좌도 행복했을 것을.]

"내 말이 맞는 거지? 그 여우 같은 년이 꼬리를 친 거지?"

[차라리 여우 같았다면 정말 행복했을 것을.]

적시운은 눈살을 찌푸렸다. 모기 두 마리가 고막 근처에서 선회 비행을 하는 것만 같았다.

'아니, 그나저나 왜 이 녀석이 난리지?'

황당함을 넘어 살짝 화도 치밀었다. 하지만 뭐라 대꾸하기도 전에 헨리에타가 무언가를 내밀었다. 척 봐도 독해 보이는 술병이었다.

"정말 결백하다면 나하고도 한잔해."

"아니, 결백할 건 뭐고 안 할 건 대체 뭐기에……."

"안 할 거야?"

거부하기 힘든 묘한 박력에 적시운은 술병을 받아 들었다. 반쯤은 자포자기한 면도 있었고.

[꿩 대신 닭이로군.]

'그런 거 아냐.'

적시운은 천마에게 쏘아붙였다.

'이 녀석도 그간 고생한 게 있으니까, 같이 술잔 기울여 주는 정도는 할 수 있겠지.'

[그렇지. 그렇게 삽 푸다가 만리장성도 쌓고 말일세.]

'무슨 소릴 하는 거야?'

"마셔!"

헨리에타가 가득 찬 술잔을 내밀었다. 적시운은 나직이 한 숨을 쉬고서 잔을 받았다.

날밤을 새우고 난 아침.

눈을 비비며 나온 그렉이 움찔하여 멈춰 섰다.

"뭔 일이 있었던 건가?"

"술 먹고 만취한 이 녀석이 옷 다 벗고 질질 짜다가 내 품에 머리 박고 잠들었어."

"……간략해서 좋군. 사실 거짓말이라도 상관은 없지만."

"거짓말 아냐."

"그렇다고 믿어주지."

그렉이 자리를 피해주겠다는 듯 방으로 들어갔다. 적시운이 땅이 꺼져라 한숨을 내쉬는 동안 천마가 투덜거렸다.

[대체 꼴도 닭도 왜 다 이 모양인가?]

6

"준비는 다 되었나?"

기함 오디세우스의 외부 갑판.

적시운을 비롯한 5명이 아킬레스의 앞에 서 있었다.

행장은 단출했다. 움직이기 편한 옷차림과 각자의 무기, 그리고 식량과 약간의 생필품이 전부. 1인당 가방 하나 정도의 물량밖에 되지 않았다.

그 외의 특이 사항이라면 헨리에타의 품 안에 들린 비상식량 정도일까.

대양 횡단이 아니라 어디 소풍이라도 다녀오려는 듯한 모습이었다.

"좀 더 챙겨 와도 부담은 없네만."

"이 정도로도 충분합니다."

적시운이 딱 잘라 말했다. 더 지체하지 말자는 것만 같았다. 실제 속마음도 그럴 테고.

아킬레스는 피식 쓴웃음을 지었다.

"마음의 준비도 다 됐다는 걸로 알겠네."

적시운이 고개를 끄덕였다. 아킬레스는 다른 이들에게도 시선을 건네 보았다. 하나같이 긴장한 표정이 역력했다. 그래도 적시운을 존중하려는 건지 기다려 달란 말을 꺼내진 않았다.

"브리핑을 겸해 간단히 설명하지. 우선은 대륙 최북서단으로 텔레포트할 걸세. 대략 시애틀 근처쯤이 되겠군. 거기서 다시 한번 텔레포트를 펼쳐 태평양을 횡단할 것이네. 직선거리로는 대략 1천 ㎞쯤 될 듯하군."

바다를 건넌다.

그 자체로 황제가 걸어놓은 금기를 깨는 일. 빼도 박도 못할 반역 행위였다.

적시운을 제외한 네 사람의 얼굴이 한층 긴장됐다.

"도착 지점은 대략 어디쯤으로 예상하십니까?"

"말로 설명하는 것보단 보여주는 쪽이 낫겠지."

아킬레스가 손짓을 했다. 뒤에서 대기하던 네이트가 다가와 10인치 크기의 PDA를 켜 보였다.

화면 위로 떠오르는 것은 세계지도. 적시운이 기억하고 있던 형태와는 조금 달랐다.

알래스카와 극동 시베리아의 일부가 사라져 베링해협이 더 이상 해협이 아니게 된 모습. 그중 연해주 북쪽에서 빛이 깜빡이고 있었다. 아마도 예상 도착 지점인 듯했다.

"마음 같아선 단번에 반도 지방까지 이동해 주고 싶네만, 거기까지가 한계라네."

천 ㎞급 초장거리 텔레포트를 두 번 연속 사용하는 일이다. 복귀까지 감안한다면 최소 세 번을 사용해야 할 터. 아킬레스에게 있어서도 상당한 무리일 것이었다.

"그 정도만으로도 충분합니다."

연해주에 도착하기만 하면 한반도는 코앞이다. 길을 헤매지 않고 남서쪽으로 내려가면 두만강이 나올 터였다.

"고맙습니다."

조금 주저하던 적시운이 말했다.

아킬레스는 쓴웃음을 지었다.

"우린 거래를 하지 않았나. 그 약조를 지키는 것뿐일세."

"……."

"어쨌든 이제 출발하지. 일단 텔레포트하게 되면 돌이킬 수 없네. 정말로 뒷정리는 끝난 거겠지?"

적시운은 잠시 침묵했다. 만나볼 사람도 대강 다 만나보았고 미련도 남지 않았다. 찝찝한 부분이 몇 가지 있기는 했지만 자신이 깊게 관여할 일은 아니었다. 일단은.

"가죠."

"알겠네."

아킬레스의 주위로 희미한 빛무리가 생겨났다. 네이트가 뒤로 두어 걸음 물러났다. 빛은 곧 반구형으로 확장되어 적시운 일행을 감쌌다.

팟.

아침 햇살 속에서 또 다른 빛이 반짝였다. 빛살이 사라진 자리엔 아무것도 남아 있지 않았다.

"……."

빈자리를 응시하던 네이트가 몸을 돌렸다. 결코 밝지 않은 표정으로.

이곳으로 나오기 이전, 제국 중앙 정보국으로부터 한 통의 이메일이 날아왔다. 내용이 무척이나 간략하여 오래 살펴볼 필요조차 없었다.

[우리는 알고 있다.]

무엇을 알고 있다는 건지는 추측할 것도 없었다. 이것이야말로 제국 정부의 경고.

아킬레스에게 보고해야 하나 계속 갈등했으나 결국 말을 꺼내지 못했다. 돌아오고 나면 아마도 말해야 할 것이다. 아킬레스를 위해서라도.

"지금쯤이면 떠났겠죠?"

세실리아가 중얼거렸다. 주택의 유리창으로는 스트롱홀드의 전경이 비치고 있었다.

"함께 가고 싶었을 텐데, 말이라도 꺼내보지 그랬니?"

등 너머에서 들려오는 김은혜의 질문. 세실리아는 조용히 고개를 가로저었다.

"부담만 되었을 거예요. 게다가 큰할머니나 다른 사람들을 두고서 떠나고 싶지도 않아요."

"우리가 걱정되어서 그러는 거니?"

"그동안은 제가 보살핌을 받아왔으니, 이제는 제가 보살펴 드릴 차례라고 생각해요."

시타델로 돌아왔으며 지방 정부 측의 대우도 좋다. 하루하루 살기 위해 싸워야 했던 시절과 비교한다면 천국이나 다름없었다.

'……라고 생각한다면 바보 같은 일이겠지.'

아직 아무것도 끝나지 않았다. 당장은 그 실체가 모호하지만 그들의 위기는 끝난 것이 아니었다. 최소한 김은혜의 생각은 그러했다. 아마 세실리아도 그것을 어렴풋이 느낀 모양이었다.

달칵.

단추 소리 같은 효과음. 메일 박스가 갱신됐음을 알려주는 소리였다.

클라리스는 웹 메일 창을 열었다. 익숙한 주소로부터 날아든 메일. 자주 소통하는 사이이기 때문은 아니었다.

"오스카 백작."

그녀의 개인 주소였다. 수차례 시타델 지방 정부의 데이터베이스를 해킹해 봤기에 잘 알고 있었다.

클라리스는 메일을 열었다. 빈 공백 아래로 사진 파일이 하나 첨부되어 있었다. 사진 파일을 여니 자필로 쓴 듯한 편지가 나왔다. 말미에는 백작임을 증명하는 서명까지 날인되어 있었다.

"그냥 타자로 쳐서 보내면 될 것을."

지나치게 형식에 집착하느라 도리어 우스꽝스러웠다. 내용은 전혀 그렇지 않았지만.

─너와 한번 만나보고 싶다.

귀족 특유의 쓸데없는 표현들을 제외하고 나면 결국 용건은 그것이었다. 문제는 왜 하필 지금 이런 서신을 보냈느냐는 것일 터.

함정일 수도 있다. 레지스탕스는 여전히 시타델 정부의 적. 적시운이라는 특수한 존재 때문에 휴전에 들어갔지만 그가 떠나간 지금은 한 치 앞도 알 수가 없었다. 하층민에 대한 처우 개선도 백지화될지 모른다. 예전과 같은 탄압과 차별이 재개될 가능성도 높다. 그런 마당에 편지가 날아든 것이다.

클라리스로서는 덥석 받을 수만도 없었다.

"……."

메일 창을 닫은 그녀가 창가로 다가갔다. 지금쯤이면 적시운 일행이 시타델을 떠났을 거란 생각이 들었다.

"다시 만나는 날이 오기를."

눈에 보이는 세상은 마치 일그러진 유화 같았다. 흘러내리거나 치솟아 오르는 형체들, 뒤섞였다가 분열하는 색채들. 사람을 미치게 하기에 딱 좋은 광경이 바로 눈앞에서 펼쳐지고 있었다.

파앗.

혼돈의 향연이 거짓말처럼 사라졌다. 뒤틀린 공간을 뚫고 나온 일행의 앞으로 광활한 바다가 펼쳐져 있었다.

철썩, 쏴아아.

연신 밀려왔다가 쓸려 나가는 파도. 햇살이 부서져 내리는 백사장. 그 위를 한가로이 노니는 갈매기들.

전형적인 해안의 모습…… 이라는 건 과거의 기준일 뿐. 지금으로서는 거의 찾아볼 수가 없는 해안의 모습이었다.

"여기는……."

"내가 찾아낸 장소들 중 하나지. 이름은 모르겠네. 대륙의 북서쪽 끝이니, 여러모로 블랙 라이트 해안과는 대척점이라 할 수 있겠군."

아킬레스가 담담히 설명했다.

"저곳을 건너면 유라시아 대륙일세."

"……."

일행의 시선이 바다로 향했다. 블랙 라이트 해안의 바닷물과는 확연히 구분되는 비교적 깨끗한 수질의 바다. 그 안에 마수들이 득실대리라는 점만큼은 차이가 없겠지만.

"다른 곳으로 텔레포트할 수도 있었겠지만, 이곳을 보여 주고 싶었네. 자네들에게 선사하는 자그만 선물도 겸해서."

"정말 친절하시군요, 아킬레스 님."

"가슴이 뻥 뚫리는 기분이에요."

아티샤와 밀리아가 잇따라 말했다. 그 와중에도 적시운의 시선은 바다에 고정되어 있었다. 그것을 본 아킬레스가 피식 웃었다.

"너무 조급해하지 말게, 바로 출발할 테니."

"부탁합니다."

"음."

아킬레스가 재차 텔레포트를 시도했다. 먼젓번과 마찬가지로 일행이 빛에 휩싸였다.

팟!

앞서 겪었던 것과 같은 기시감. 그것이 끝나자마자 얼굴을 향해 날아드는 것은 살을 엘 듯한 설풍이었다.

"으앗!"

정통으로 눈덩이를 맞은 밀리아가 팔을 버둥거렸다. 헨리에타의 품에서 빠져나온 비상식량이 눈밭 위에 몸을 굴렸다.

끝도 없이 펼쳐진 새하얀 벌판. 프리모리예 지방, 연해주의 어딘가였다.

"이럴 줄 알았으면 옷 좀 껴입고 올걸 그랬네요."

"괜찮은 모피 점퍼가 하나 있는데 가져올걸."

아티샤와 밀리아가 중얼거리며 주변을 두리번거렸다.

"후우……!"

아킬레스가 무거운 숨을 토했다. 새하얀 숨결이 기차 연기처럼 뿜어져 나와서는 허공에 흩어졌다. 숨결뿐 아니라 신체에서도 새하얀 김이 모락모락 피어나 마치 달군 돌멩이를 보는 것만 같았다.

상당한 에너지 소모를 했다는 뜻. 최강의 이능력자인 펜타그레이드에게도 한계는 있음을 보여주는 광경이었다.

"내가 데려다주는 것은 여기까지일세."

가쁜 숨을 가라앉힌 아킬레스가 말했다.

"여기서부터는 자네들끼리 가도록 하게나. 나는 그만 돌아가 봐야 할 듯하네."

"조금 더 쉬다가 가시지 그러세요? 이제 막 날아온 참이잖아요."

"오래 있어봐야 마음이 편하지 않을 듯하네. 스스로 한 약속 때문이라지만 폐하께서 내거신 금령을 깨버렸으니 말이야."

"그러고 보니 우리는 모두 반역자가 되는 셈이네요."

헨리에타의 말에 모두가 쓴웃음을 지었다. 아킬레스 또한 고소 속에서 말했다.

"자네들, 반역자들에게 행운이 함께하길 빌겠네."

"고맙습니다."

적시운이 대꾸했다.

아킬레스는 마지막으로 작별의 손짓을 하고는 텔레포트로

사라졌다.

"헐레벌떡 날아가 버리네. 그만큼 여기 있기가 싫다는 건가?"

"고지식한 사람이라 그래. 거래 때문이라고는 해도 황제의 명령을 어기고는 못 참겠다는 거지."

"황제가 무섭긴 무서운가 봐. 저 정도 되는 괴물도 벌벌떨 정도니."

"무섭다기보다는 충성심이 강하기 때문이 아닐까?"

도란도란 수군거리는 밀리아와 헨리에타.

적시운이 걸음을 옮기자 그녀들의 대화도 끊어졌다.

"저기, 이제 어떻게 할 생각이야?"

헨리에타가 따라붙으며 물었다.

"……."

적시운은 기감을 통해 방위를 가늠했다. 동시에 염동력을 펼쳐 일행을 감쌌다. 눈발이 차단되자 그럭저럭 포근해졌다.

"우선은 남서쪽으로 직진할 거야."

"얼마나?"

"강이 나올 때까지."

두만강을 건너가면 그다음은 북한. 본격적인 한반도에 접어드는 셈이다.

"그다음엔 남쪽으로 쭉 내려가면 될 거야."

"거기는 여기만큼 춥지는 않겠지?"

"지금 같은 시기라면 그럭저럭 따뜻할 거야."

"다행이네. 설마 계속 이런 눈보라를 맞으며 살아야 하는 건지 걱정했어."

"강을 건너간 다음부터는 추위가 덜해질 거야. 추위를 느낄 새도 거의 없을 테고."

"추위보다 걱정해야 할 뭔가가 있다는 뜻이네?"

적시운은 고개를 끄덕였다. 10년은 강산도 변하게 하는 시간이지만, 때로는 10년이 아닌 100년이 지나도 변하지 않는 것들도 있는 법이었다.

'현재의 북한이 10년 전, 내가 알던 북한과 같다면……'

남하 과정이 결코 고속도로처럼 뻥 뚫려 있지는 않을 터였다.

'그렇다고 해도 상관없다.'

적시운은 눈보라 치는 하늘을 응시했다.

'그 무엇도 날 막지는 못할 테니까.'

제25장
2174년, 대한민국

1

적시운 일행과 헤어진 후 아킬레스는 북미 대륙으로 복귀했다. 그러나 곧장 에메랄드 시타델로 돌아가진 않았다.

'네이트와 부하들에게 부담을 주기는 싫다.'

그것이 솔직한 생각.

이런 일에 데이브레이크까지 얽혀봐야 상황만 복잡해질 것임이 분명했다. 그래서 아킬레스는 결론을 내렸다. 홀로 황제를 찾아가 전자칩에 대해 묻기로.

'만약 폐하께서 이를 긍정하신다면 나는 어찌 반응해야 할 것인가.'

사실 진짜 고민거리는 이것이었다. 전자칩의 존재 여부는 이미 판명이 난 거나 다름없었기에.

단순히 적시운이 말했기 때문만은 아니다. 아킬레스 본인부터가 오래전부터 징조를 느껴왔다. 굳이 전자칩이 아니더라도 제국이 신민들을 감시한다는 것은 어렴풋이 느껴왔다.

핵심은 그 의도가 어디에 있느냐는 것.

황제의 설명에 따라 아킬레스 또한 행보를 정할 터였다.

스륵.

그는 단번에 텔레포트를 펼쳤다. 눈앞에 나타난 것은 익숙한 전경. 북미 제국의 수도인 라자루시안이었다. 한때는 일리노이주의 시카고라고 불렸던 도시. 제국의 지속적인 역사 세탁 작업으로 인해 이제는 기억하는 이가 거의 없었다. 아킬레스는 그 극소수 중 한 명이었고.

'과거를 지배하는 자는 미래를 지배하고, 현재를 지배하는 자는 과거를 지배한다던가.'

이 또한 어디선가 들어본 이야기. 정확한 출처는 아킬레스도 알지 못했지만, 현 북미 제국의 상황과 잘 맞아떨어진다는 것만은 알고 있었다.

드넓게 펼쳐진 빌딩의 숲과 그 사이를 채워주는 초목들. 상공을 뒤덮은 반투명한 돔 아래로 광활한 도시가 펼쳐져 있었다.

그 허공을 순찰하던 무인 드론 몇 기가 아킬레스에게 다가왔다. 필시 텔레포트의 기운을 감지한 것이리라.

[신원 확인. 펜타그레이드 아킬레스 프레스터 님, 라자루시안에 돌아오신 것을 환영합니다.]

아킬레스는 기계음의 인사를 들은 체 만 체하며 걸음을 옮겼다. 꽤나 자주 듣는 음성인데도 도무지 정이 가질 않았다.

걸음이 향한 곳은 도시 중앙. 시타델의 스트롱홀드처럼, 라자루시안에도 도시를 상징하는 랜드마크가 있었다.

임페리얼 캐슬(Imperial Castle).

이름 그대로 황제의 성이었다. 지상으로 50개의 층이 있으며, 지하로는 방공용 특수 벙커가 20층 규모로 펼쳐져 있는 거대한 건물.

층수 자체는 스트롱홀드보다 적었으나 횡 방향의 넓이는 비교할 수도 없을 만큼 거대했다.

"……."

아킬레스는 도보로 임페리얼 캐슬에 들어섰다. 성 전체를 두르고 있는 강력한 결계 때문에 텔레포트로는 진입이 불가능했다.

식별용 드론들이 다가왔다가 금세 멀어졌다. 한번 신원이 확인되자 어느 누구도 아킬레스를 방해하지 않았다.

아킬레스는 성 내부를 제집처럼 거닐었다. 그리 자주 찾아오는 편은 아니었지만 길을 헤맬 일은 없었다. 텔레포터의 공간 지각력은 타의 추종을 불허하기에.

10분 뒤.

아킬레스는 거대한 방문 앞에서 걸음을 멈추었다. 양 문짝의 위쪽으로 익숙한 영문이 음각되어 있었다.

예루살렘 챔버.

20여 개에 이르는 황제의 집무실 중 하나였다.

황제가 이곳에 있을지는 알 수 없었다. 이능력자의 감지 능력 또한 임페리얼 캐슬의 결계 안에선 무력했기에.

그래도 가능성은 낮지 않다고 아킬레스는 생각했다. 황제가 이곳을 선호하는 편이라는 걸 경험으로 알고 있었기에.

간단히 노크를 한 후 아킬레스가 입을 열었다.

"아킬레스 프레스터입니다, 폐하."

대답은 없었다.

황제가 입을 열지 않는 경우도 많다는 걸 알고 있었기에 아킬레스는 문을 열고 안으로 들어섰다. 누군가가 그곳에 있었다. 애석하게도 황제는 아니었지만.

아니, 애석하다는 표현만으로는 부족할 터였다. 기다렸다는 듯 의자에서 몸을 일으키는 이는 무척 익숙한 얼굴이었으니까. 거의 에블린만큼이나.

"펠드로스."

"오랜만입니다, 아킬레스 경."

"폐하의 집무실에서 뭐 하고 있는 겐가?"

"기다리고 있었지요."

탈색된 듯한 느낌의 백발을 가진 청년이었다. 에블린이나 아킬레스와 마찬가지로 그 또한 나노머신을 체내에 이식했다.

다만 그 방향성은 반대였다. 에블린이나 아킬레스가 젊음을 유지하기 위해 나노머신을 주입한 데 반해, 펠드로스는 육체의 성장에 나노머신을 사용했다. 나이가 지독하게 어리기 때문은 아니었다. 그저 육체의 성장이 정지했기 때문일 뿐.

한때는 왜소증을 앓던 펜타그레이드의 일원. 펠드로스는 나노머신의 혜택을 받아 훤칠한 체형을 가지게 되었다. 과거엔 그의 체형을 놀림감으로 삼았던 자도 적지 않았다. 그중 지금까지도 숨을 쉬는 이는 하나도 없었지만.

그 때문일까. 펠드로스는 펜타그레이드 중에서도 가장 광신적이며 추종적이었다. 아마 유일하게 아킬레스를 능가하는 충신일 터였다.

그런 펠드로스가 황제의 집무실에서 누군가를 기다리고

있었던 것이다.

"누구를 기다렸다는 것인가?"

"물론 당신이지요, 아킬레스 님."

"나를?"

"그렇습니다."

펠드로스의 눈동자가 붉은빛을 냈다. 전형적인 알비노의 특징을 그대로 따르는 외형. 그러나 실제로 그가 알비노인 것은 아니었다. 그저 나노머신으로 인한 부작용일 뿐.

"그건 폐하의 명령인가?"

아킬레스가 착 가라앉은 목소리로 질문했다. 펠드로스는 미묘한 미소를 지었다. 마치 나는 너의 비밀을 모두 알고 있다고 말하는 듯했다.

"조금 전 구출대가 출발했습니다."

"구출대라고?"

"예, 소중한 우리들의 동료를 구하기 위한 구출대 말입니다."

오싹.

아킬레스의 온몸에 소름이 돋았다.

"설마 아킬레스 님이 그런 일을 벌일 줄은 몰랐습니다. 저를 제외하면 그 누구보다도 충성스러우신 분께서 설마 폐하의 칙령을 대놓고 어기다니요."

"……폐하께선 어디에 계신가?"

"지금은 아킬레스 님을 만나실 기분이 아니라고 하셨습니다. 저더러 대신 처분하라는 명령을 남기셨지요."

"처분?"

"그렇습니다. 그렇다고 병 걸린 돼지들처럼 살처분하란 뜻은 아니었습니다만."

아킬레스가 한걸음 뒤로 물러났다. 순간 그가 들어섰던 문이 갑작스레 닫히고는 잠겼다.

"더 죄를 만들지 마시지요."

"……."

"지금이라면 근신 처분 정도로 끝날 것입니다. 하지만 여길 나가려 한다면 가벼운 처분으로 끝나지 않을 것입니다."

"시타델 쪽 사람들은 어찌할 생각인가?"

"글쎄요. 일단은 에블린 양을 구하고 난 후 사태의 추이를 봐야겠지요. 그래도 가능한 그녀의 의사를 존중할 생각입니다."

아킬레스는 지그시 입술을 깨물었다. 그 정신 나간 사이코패스가 복수의 유혹을 뿌리칠 리가 없었다.

'하지만…….'

여기서 더 물의를 범했다간 정말 돌이킬 수 없게 된다. 아킬레스는 할 수 없이 자리에 주저앉았다.

"잘 생각하셨습니다."

펠드로스가 빙긋 미소를 지었다. 아킬레스는 흥분과 불안 감을 애써 가라앉혔다.

"하나만 묻겠네. 대체 황제 폐하께선 그 모든 사정을 어떻게 알아차리신 건가?"

"그분은 제국의 황제이십니다."

마치 그거면 모든 게 설명된다는 듯한 펠드로스의 대답.

아킬레스는 더 질문하기를 포기했다. 차라리 홀로 고민하는 편이 나을 듯했다.

'역시 적시운이 말했던 전자칩 때문인가.'

에블린의 구금은 물론, 적시운 일행을 텔레포트시켜 준 것 또한 극소수만이 아는 사실. 보통 방법으로 알아낸 것은 결코 아닐 터였다. 어설픈 도청이나 해킹 따위의 방법도 아닐 것이었고.

'어쨌거나…… 지금은 참는 수밖에 없겠군.'

"저 물고기들, 구워서 먹어도 괜찮지 않을까?"

"밥 먹은 지 2시간도 안 지났거든?"

"그래도……."

자꾸만 고개를 돌리며 입맛을 다시는 밀리아. 나란히 걷던 헨리에타가 밀리아의 머리를 가볍게 톡 쳤다.

"바보 같은 소리 말고 전방이나 예의주시해. 언제 뭐가 튀어나올지 모르니까."

"치, 쥐새끼 한 마리도 보이지 않는데?"

일행은 조금 전에 두만강을 도하했다. 연해주로부터 이어진 50㎞ 남짓한 거리를 1시간 만에 주파한 것이다. 일행 전원이 보법을 익혀둔 덕택이었다. 물론 적시운이 바란 속도엔 한참 못 미칠 터였지만.

두만강의 너비는 10m를 조금 넘기는 수준. 덕분에 건너가는 데엔 전혀 무리가 없었다. 국경선에 으레 있을 법한 수비군이나 약탈자들도 전혀 보이지 않았다.

그것은 지금도 마찬가지. 북한 영토에 들어선 지 꽤 되었는데도 마주친 생명체라고는 시커먼 구정물 속의 물고기 몇 마리가 전부였다.

"저기, 원래 당신 고향은 이렇게 황량해?"

"여긴 내 고향이 아냐."

헨리에타의 질문에 앞에서 걷던 적시운이 대꾸했다.

"내 고향은 여기보다도 훨씬 남쪽에 있어."

"거기는 좀 사정이 낫겠지? 그러니까, 사람은 물론이고 마수조차 구경하기 힘든 환경이라면 좀 그렇잖아?"

"그건 걱정 마. 황폐화된 것은 이곳뿐이니까."

북한.

조선 민주주의 인민공화국.

마수들이 창궐한 이래, 미국을 제외하면 가장 먼저 멸망한 집단 중 하나였다.

'국가라고 불러줄 수도 있기야 하겠지만……'

대한민국의 헌법은 북한을 국가로 인정하지 않는다. 한때나마 나랏밥을 먹었던 적시운이기에 그러한 개념이 뇌리에까지 박혀 있었다.

어쨌거나 북한은 마수가 아니더라도 조만간 파멸할 집단이긴 했다.

21세기부터 이어진 빈곤과 억압의 구렁텅이. 거기에 더해진 정치 세력 간의 갈등은 유일당인 조선노동당을 반으로 찢어놓았다.

언제 쿠데타, 혹은 시민 혁명이 일어나도 이상하지 않을 상황.

그 대신 북한을 찾아온 것은 게이트를 타고 넘어온 마수들이었다.

"무능한 지도층과 굶주린 국민들, 패배는 불 보듯 뻔한 거였지."

"여기엔 황제 같은 사람이 없었나 보군요."

묵묵히 대화를 듣던 아티샤가 끼어들었다.

"그래, 있었더라도 뭐가 달라졌을 것 같지는 않지만."

"반면 적시운 님의 나라는 잘 대응했나 보군요."

"어느 정도는."

짤막하게 대꾸한 적시운이 걸음을 멈췄다. 사실 적시운의 경공술이라면 대번에 반도를 가로지르는 게 가능했다.

쾌속을 자랑하는 시우보를 펼칠 것도 없이, 유엽하 정도만으로도 오늘 내로 신서울 지하 도시에 도착할 수 있을 터였다.

일행은 딱히 문제도 되지 않았다. 사람 네 명쯤 들고 내달리는 게 뭐가 어려울까.

그럼에도 경공을 펼치지 않은 것은 마음속 두려움 때문이었다. 과연 지하 도시가 무사할까, 가족들은 괜찮을까 하는 두려움.

10년의 시간이 생각보다 많은 것을 앗아간 것은 아닐까 하는 불안감.

[피한다고 피할 수 있는 게 아닐세. 거꾸로 자네가 몇 초 늦어서 가족들에게 참화가 닥치기라도 한다면 그 자괴감은 어찌 감당할 텐가?]

'……당신 말이 옳아.'

적시운은 고개를 돌렸다. 나머지 네 사람의 시선이 집중됐다.

"내 손을…… 아니, 됐어. 염동력으로 너희를 들어 올릴 거다. 그리고 곧장 고향까지 내달릴 거야."

네 사람이 고개를 끄덕였다.

"멀미가 날 수도 있으니 대비해. 뭐 하면 도중에 토하더라도 상관없어. 할 수 있다면 말이지."

"그건 걱정하지 마."

대표 격으로 대답한 헨리에타가 부드럽게 웃었다.

"우릴 당신의 고향으로 데려다줘."

"……그래."

적시운은 네 사람을 염동력으로 들어 올렸다. 그리고 곧장 시우보를 밟아 전력으로 내달렸다.

쿠구구구!

주변 풍광이 폭주하는 열차처럼 스쳐 지나갔다. 차원이 다른 스피드에 네 사람은 절로 아득해졌다.

얼마나 시간이 흘렀을까.

적시운이 마침내 멈췄을 때, 네 사람은 누가 먼저랄 것 없이 바닥에 엎드려 속을 게웠다.

"우웨엑!"

"큭, 허어억!"

약간의 미안함을 느꼈지만 그것도 잠시.

적시운은 고개를 돌려 주변을 바라봤다. 옛 대전의 구시가지가 눈에 들어왔다. 황량한 폐허 아래에 그곳이 존재했다.

"신서울 지하 도시."

마침내 10년의 세월을 넘어 돌아온 것이었다.

2

적시운은 주변을 둘러보았다. 수수깡처럼 꺾여 있는 표지판이 눈에 들어왔다. 보아하니 대략 유성구쯤 되는 듯했다.

'가장 가까운 진입로는 북서쪽 게이트.'

옛 기억이 새록새록 피어났다. 기실 옛날이라 해봐야 몇 개월 전에 불과하긴 했지만.

생각해 보면 적시운을 제외한 세계가 동등하게 10년의 나이를 먹은 셈이었다.

'그렇다는 건……'

막냇동생인 적세연의 나이가 자신과 비슷한 뻘이 되었다는 뜻. 누나 적수린도 마흔에 가까운 나이가 됐으리라. 어미니는 말할 것도 없는 일.

"……"

자못 마음이 무거워졌다. 사람이란 참 간사한 동물인 것 같다는 생각도 들었다. 시타델에 있을 땐 바다를 건널 수만 있다면 여한이 없다는 마음이었는데, 막상 건너오고 나니 10년의 시간이 자꾸만 마음에 걸렸다.

"저기, 괜찮은 거야?"

헨리에타였다. 그녀는 걱정 가득한 얼굴로 적시운의 어깨에 손을 얹고 있었다.

"난 괜찮아. 가자."

적시운이 걸음을 옮겼다. 혹여나 모를 외부 순찰대와 마주칠 수도 있었기에 경공은 자제하기로 했다. 자칫하면 쓸데없는 마찰이 빚어질 수도 있었던 것이다.

다행히 별다른 충돌 없이 게이트의 위치까지 다다랐다. 암벽 한가운데에 코르크 마개처럼 박혀 있는 거대한 원형 철문이 일행을 맞이했다. 터널이 있을 법한 자리에 뚜껑을 씌워 놓은 것만 같은 모양새.

철문 위로는 반쯤 벗겨진 페인트로 글씨가 쓰여 있었다.

신서울 지하 도시

덧칠하지 않은 지 꽤나 지난 모양. 원형 철문은 내부에서만 조작이 가능했다. 때문에 출입 허가를 받아야 했다.

대체로 문 근처에 유선 통신기가 있어 안쪽 경비와 통화하는 게 가능했다. 혹은 매일 문을 열어주는 특정 시간대에 찾아오는 방법도 있었다. 그때까지 기다릴 만큼 여유만만하지 않다는 게 문제일 뿐.

"아, 그러고 보니 큰일이네요."

"왜 그래?"

"언어 말이에요, 헨리에타 씨."

아티샤가 낭패라는 얼굴로 말했다.

"저희들, 이곳 사람들과 대화가 통하지 않잖아요?"

"아, 그러고 보니……."

"어, 여기 사람들도 영어 쓰는 거 아니었어?"

둘의 대화를 듣던 밀리아가 끼어들었다.

"시운 님도 영어 잘만 쓰시잖아."

"난 회화 교육을 따로 받아서 그래. 파견 경험도 제법 되는 편이었고."

적시운의 대답에 밀리아가 멍해졌다.

"그럼 다른 사람들은요?"

"기초 교육을 받았다면 어느 정도의 단어와 숙어는 숙지하고 있겠지. 회화는 완전히 다른 문제지만."

"저길 보세요, 밀리아 씨. 아마 저게 이 국가의 언어일 거예요."

철문에 적힌 글귀를 가리키는 아티샤. 밀리아가 글귀를 바라보다가 멍하니 중얼거렸다.

"나는 무슨 숫자나 그림인 줄 알았는데."

"언어 소통은 걱정하지 않아도 돼."

적시운이 딱 잘라 말했다.

"안에 들어가면 통역용 아티팩트를 판매하고 있을 거다."

"아, 그런가요?"

"그래, 영어는 국제 공용어니까."

미국이 망한, 아니, 망했다고 알려진 이후에도. 마수 전쟁 전까지 미국이 쌓아둔 언어적 인프라는 워낙 거대했다. 그 덕에 영어는 계속하여 공용어로 사용되어 왔다. 중국과 일본이 각각 자기네 언어를 밀어붙이긴 했으나 모두 무시당하거나 기각되었다.

'그나저나 이건 무슨 일이지?'

적시운은 눈살을 찌푸렸다. 내부 연락용 통신기의 전원이 꺼져 있었다. 케이블이 끊어진 건 아니었으나 전원을 켜도 작동하질 않았다. 실로 보기 드문 일. 아무리 정비공들이 게을러도 통신 전원 자체가 꺼져 있는 일은 없었다.

우뚝.

적시운이 순간 석상처럼 굳었다. 불안함을 느낀 네 사람의 시선이 그의 뒤를 따랐다.

"설마……."

적시운은 원형 철문 앞으로 다가갔다. 지하 도시 진입용 철문에는 고전압 전류가 흐르게 마련. 혹여나 모를 마수들의 육탄 공세를 방어하기 위함이었다.

손을 들어 철문 위에 얹었다. 전류가 흐르는 느낌은 들지 않았다. 그저 차갑게 식은 금속 특유의 촉감뿐.

"시운……?"

헨리에타의 목소리도 귀에 들어오지 않았다. 적시운은 의식하지도 못한 사이에 주먹을 뒤로 끌어당기고 있었다.

천랑권 제1식, 천랑섬권.

적시운은 정면을 향하여 주먹을 내뻗었다.

쾅!

수 톤은 됨직한 철문이 안쪽으로 움푹 파였다. 암석이 부르르 떨리며 흙먼지를 요란하게 쏟아냈다.

적시운은 더 기다리지 않고 두 번째 권격을 떨쳤다. 원형 철문은 완전히 떨어져 날아갔다.

우당탕탕!

날아간 철문이 여기저기 부딪히며 소음을 만들었다.

텅 빈 공간 속으로 메아리가 울렸다.

적시운은 안쪽을 응시했다.

철문이 사라진 내부 공간은 어두웠다. 지하 도시 내부에 상시 전력이 공급된다는 걸 생각해 보면 정상이 아니었다. 하긴 문지기가 없다는 것부터가 이미 비정상이란 의미일 테지만.

적시운은 안으로 들어섰다. 그리고 곧장 기감을 펼쳐 주변을 살폈다. 기감이 미치는 범위 내엔 아무도 없었다. 아무래도 도시의 안쪽으로 보다 들어가 봐야 할 듯했다.

뒤따라 들어온 일행이 입을 벌린 채 주변을 둘러봤다.

"단순한 지하 벙커는 아닌가 보네?"

"지하 도시야."

"도시가 땅 아래에 있다고?"

"그래, 여기는 그 외곽 지역의 출입구고."

"대략 몇 명 정도 사는데?"

"내가 떠나오던 때를 기준으로 50만."

헨리에타의 표정이 멍해졌다.

"50만 명이나 되는 인구가 지하에서 산단 말이야? 라자루시안의 지하 지역 인구도 그 정도는 안 되는데?"

"라자루시안?"

"제국의 수도 말이야."

"이곳은 한국의 수도였어."

"그렇지만……."

"미국과는 달리 마수들의 집중 공세 속에 멸망 가까이 치닫지도 않았고 전쟁 개시 후 50년 동안에도 비교적 안전히 문명을 발전시켰지. 아마 자체 과학력은 너희 제국보다 위일걸."

담담히 대꾸한 적시운이 미간을 구기며 덧붙였다.

"지금 상태를 봐선 낙관할 상황이 아니긴 하지만."

적시운은 우선 발전기를 찾기로 했다. 한두 개의 원동기에만 의지하는 건 바보 같은 일이기에 지하 도시엔 섹터별로 발전 장치가 설치되어 있었다.

"따라와."

적시운은 어렵잖게 발전기를 찾아냈다. 이곳의 지리가 익숙하기도 하거니와, 미로라도 돌파할 만큼 발전한 기감 덕이 컸다.

발전기는 최소 3겹 이상의 방어 장치를 통해 보호받는다. 한데 이미 방어 장치가 모조리 박살 난 뒤. 제법 격렬한 전투가 있었던 듯, 곳곳에 깨지고 부서진 흔적이 가득했다.

"그런데 시체는 하나도 찾아볼 수가 없네요."

철판 사이로 비어져 나온 광케이블을 만지작거리며 아티샤가 말했다.

"누군가 수거해 갔겠지."

헨리에타가 바닥을 살피며 대꾸했다.

"핏자국이 아직 남아 있는 걸 보면 그렇게까지 오래 지나지는 않았나 봐."

"마수들이 들이닥쳤던 걸까요?"

"그쪽 가능성이 높지 않겠어? 인간들끼리 싸웠다면 이런 흔적보다는 구멍이 많았을 테니까."

파괴의 흔적은 대개 길쭉하니 이어지는 형태였다. 전형적인 날붙이의 흔적.

"발톱이나 손톱 같은 거였겠지."

"맹수형 마수일 가능성이 높겠네요."

"그래, 이 녀석 같은."

헨리에타가 가슴께를 톡톡 건드렸다. 그녀의 품 안에 잠들어 있던 비상식량이 몸을 뒤척였다.

적시운은 발전기를 살폈다. 동력원인 이온 전지가 제자리에 없었다. 그 외엔 파괴된 흔적이 없는 걸 보면 수비군이 빼내어 가져간 모양이었다.

시타델에서 가져온 전지를 끼웠다. 단자가 딱 들어맞지는 않았지만 처박듯이 끼워 넣으니 불이 들어왔다.

기이이잉.

이온 발전기가 가동을 시작했다. 도미노처럼 방전등이 점등됐다. 물론 그 대부분이 파괴된지라 불 들어오는 것은 극소수에 불과했다.

그래도 상관은 없었다. 애초부터 불 켜려고 발전기를 찾은 게 아니었으니.

"따라와."

적시운은 일행을 엘리베이터로 이끌었다. 수직 방향으로 움직이는 게 아닌 비스듬한 통로를 오가는 엘리베이터. 그 이동 경로만 보자면 차라리 케이블카에 가까웠다.

"이게 도시로 이어지는 거군요."

밀리아의 말에 적시운이 고개를 끄덕였다.

"가자. 전지가 오래 버티진 않을 테니까."

이것이 지하 도시로 이어지는 유일한 길은 아니었다. 조금 멀리 돌아가는 통로를 이용해도 되고 엘리베이터를 부수고 들어가도 된다. 극단적으로 암석을 파고 내려가도 되기는 할 테고.

하지만 그렇게까지는 하지 않기로 했다.

'만약 내 추측이 맞다면……'

괜히 기물을 파손하거나 땅굴을 팠다간 차후에 문제가 생길 소지가 있었다.

일행은 엘리베이터에 올라탔다. 이내 진동과 함께 엘리베이터가 비스듬한 경로를 타고 내려갔다.

쿠구구구.

천장의 틈새로 모래와 흙 알갱이가 흘러내렸다. 오랫동안 방치되어 있었다는 게 새삼 느껴졌다.

덜컥.

엘리베이터가 급정지를 했다.

"발전기가 벌써 다 됐나?"

"바보."

헨리에타가 나직이 핀잔을 줬다.

"그랬다면 불도 꺼졌을 거 아냐."

"아, 그러네."

밀리아가 중얼거리는 차, 스피커를 통해 목소리가 들려왔다.

"무단 침입자들은 신원을 밝혀라."

적시운은 나직이 한숨을 내쉬었다. 안도의 한숨이었다.

"그냥 출입 구역만 습격을 당했었던 모양이군."

"재차 경고한다. 신원을 밝히지 않을 시 승강기를 원격으로 폭파하겠다."

"저 자식이 뭐라는 건가요?"

밀리아가 표정을 구기며 물었다. 말을 알아듣진 못해도 분위기가 적대적이라는 것을 느끼기엔 충분한 수준. 하기야 어조 자체가 무뚝뚝하고 신경질적이니 그럴 만도 했다.

"적시운."

손짓으로 그녀를 입 다물게 한 적시운이 말했다.

"대한민국 특무부 소속 사이킥이다."

한동안 대답이 없었다. 적시운의 이름을 검색해 보는 모양이었다.

덜컹.

이내 엘리베이터가 재가동했다. 다른 일행은 긴장을 풀고 안도했다.

"시운 님의 얘기가 통했나 봐."

"다행이네요."

도란도란 대화하는 밀리아와 아티샤. 하지만 적시운의 표정은 오히려 굳었다.

"전투할 준비를 해."

"네?"

모두가 돌아보는 가운데 적시운은 미네르바를 꺼냈다. USB 단자를 스피커에 꽂고 확인하니 반대쪽에선 이미 통신 채널을 끊은 뒤였다.

더 얘기할 게 없다는 의미. 귀환자를 환영하는 태도로는 도저히 볼 수 없었다.

덜컥.

엘리베이터가 다시 정지했다. 이번에는 목적지에 도착했기 때문이었다.

위이이잉.

문이 좌우로 열렸다. 적시운 일행을 환영하는 것은 일렬로 도열한 군인들. 하나같이 K-22 자동 소총으로 중무장한 채였다. 그나마 다행인 것은 이들이 한국군 소속으로 보인다는 점이었다.

"우리나라 사람이…… 아니로군."

지휘관으로 보이는 듯한 사내가 중얼거렸다. 조금 전 적시운과 대화를 나눴던 사내인 듯했다.

"마수들의 습격이 있었던 건가?"

"놈들의 습격은 언제나 있지. 신원을 위장한 인간들의 침투는 드문 일이지만."

"위장이라고?"

"네가 말한 인물, 2급 사이킥 적시운은 10년 전에 사망했다."

적시운은 나직이 혀를 찼다. 상황이 어떻게 돌아가는지 약간은 알 것 같았다.

3

"저기, 저 남자가 뭐라고 하는 거야?"

헨리에타의 목소리에 지휘관이 눈썹을 꿈틀거렸다. 각진 어조의 영어가 입에서 흘러나왔다.

"반항하지만 않는다면 사살하진 않겠다. 대신에 우리를 따라와 줘야겠어. 특히나……."

지휘관의 끈적한 시선이 세 여성을 훑었다. 그중에서도 시선이 집중되는 곳은 헨리에타의 얼굴. 눈, 코, 입을 한동안

오르내리던 시선이 그녀의 가슴 어귀로 내려갔다. 어떤 의도인지 명백해 보이는 시선이었다.

"너희를 북서부 방위대 지부로 연행하겠다. 자세한 사정은 그곳에서 듣기로 하지. 저항할 생각은 말도록."

"……!"

일행의 표정이 대번에 험악해졌다. 이에 반응하여 병사들이 방아쇠에 손가락을 가져갔다.

일촉즉발의 상황. 그러나 엄밀히 말해 적시운 일행 중 그 누구도 긴장하지는 않았다. 그저 약간의 짜증과 분노만을 느끼고 있을 따름.

적시운은 지휘관에게서 눈을 떼지 않은 채 말했다.

"관등성명 대봐. 계급과 이름이 어떻게 되지?"

"정체불명의 침입자가 묻는다고 해서 밝힐 것 같나?"

"못할 것도 없지. 내가 무서운 게 아닌 이상."

단순한 도발. 그래도 효과가 없지는 않았다.

"신서울 방위대 소속, 중위 윤주성이다."

"그럼 나보다 하급자로군. 경례하는 법을 까먹은 건가?"

"대체 누가 너보다……."

"2급 사이킥은 대위에 준하는 대우를 받는다. 게다가 국가 수호 임무 중에 사망했으니 최소 1계급 특진을 했겠지. 결국 영관급이라는 건데 경례 안 하고 뻐길 거냐?"

지휘관, 윤주성의 얼굴이 팍 구겨졌다.

"말도 안 되는 소리를. 네놈이 유령이라도 된다는 소린가?"

"안 죽었어. 하지만 죽었다고 국가가 결론을 내렸으니 어쨌거나 특진은 시켜줬겠지."

"하! 나보다 어려 보이는 놈이 10년 전에 사망한 특무요원이라고? 당시에 중고딩이기라도 했다는 거냐?"

"좋은 거 많이 먹어서 반로환동했거든."

"뭐라고?"

"좀 어려운 단어였다면 쉽게 말해주지. 회춘했다면 좀 알아듣기 쉽겠나?"

"그런 말도 안 되는 헛소리를……!"

"닥치고 특무부장 김무원한테 안내하기나 해."

적시운의 눈빛이 착 가라앉았다.

"그 양반이라면 내 정체와 지위를 증명할 수 있을 테니까."

윤주성의 얼굴에 갈등의 기색이 스쳤다. 그의 시선이 적시운의 일행들을 훑었다. 이윽고 결심의 기색이 얼굴에 드러났다.

"못하겠다면?"

적시운은 피식 웃었다.

"살려는 줄게. 집에 돌아오자마자 피 보기는 싫으니."

"사격 개시!"

윤주성이 득달같이 명령했다. 대기 중이던 병사들은 일말의 지체도 없이 방아쇠를 당겼다.

드르르륵!

한국군 제식 소총인 K-22가 미친 듯이 불을 뿜었다. 수백 발의 탄환이 폭풍우처럼 적시운 일행에게 쏟아졌다. 그러나 목표를 달성하진 못했다. 벌집이 되어 쓰러졌어야 할 이들은 멀쩡한 얼굴로 제자리에 서 있었다.

"무슨……!"

수백 발의 탄환 모두가 허공에 정지해 있었다. 무형의 힘에 의한 속박. 적시운이 정면으로 손을 뻗고 있는 것과 무관하지 않을 터였다.

"이거 완전히 똥개 같은 놈들이네요? 제대로 확인도 하지 않고 다짜고짜 총질이라니!"

밀리아가 대검을 뽑아 들고 으르렁거렸다. 순례자와의 싸움에서 반쯤 박살이 났던 그녀의 대검은 수리를 거쳐 말끔해진 뒤였다.

적시운이 기운을 거뒀다. 허공에 멈춰 있던 탄환들이 바닥으로 떨어졌다.

타다다다닥!

콩 볶는 듯한 소리가 요란하게 울렸다. 병사들이 자기도 모르게 한 걸음씩 뒤로 물러났다.

"해치울 건가?"

소총을 꺼내 든 그렉이 물었다. 적시운은 고개를 가로젓고는 윤주성을 향해 말했다.

"상대의 재량도 파악하지 않고서 다짜고짜 총질이라니. 쏘가리 티를 갓 벗어난 중위 아니랄까 봐 생각이 짧군그래."

"큭……!"

"간부용 PDA가 있지? 이능력 확인용 앱도 깔려 있을 테고. 확인해 봐. 네가 총을 쏴 갈기려 한 상대가 누군지."

윤주성은 떨리는 손으로 PDA를 꺼내 확인했다. 안 그래도 충혈되어 있던 눈자위에 핏줄이 불거졌다.

"A랭크……!"

"염동술사지."

빠각!

윤주성의 손에 들려 있던 PDA가 망치에라도 강타당한 것처럼 박살 났다. 화들짝 놀란 윤주성이 뒷걸음질 치다가 엉덩방아를 찧었다.

"머저리네."

헨리에타가 나직이 중얼거렸다.

"아무리 소수라지만 병사를 지휘할 역량 자체가 되지 않는 것 같은데."

"낙하산이겠지, 뭐. 뻔하잖아?"

밀리아가 심드렁하게 대꾸했다. 그녀들의 대화를 알아챈 윤주성의 얼굴이 똥 씹은 것처럼 일그러졌다.

적시운은 병사들을 돌아봤다. 움찔한 병사들이 총구를 아래로 늘어뜨렸다. 적시운이 걸음을 옮기자 홍해가 갈라지듯 병사들이 좌우로 물러났다.

"환영하지 않더라도 상관없지만 방해는 하지 마라. 너희들한테 힘 낭비하려고 그 수라장에서 돌아온 게 아니니까."

"……."

"윗선에 보고하려면 해. 근데 또 체포하겠다느니 사살하겠다느니 몰려오는 놈들이 있으면 다시 너를 찾아갈 거다."

윤주성이 흠칫 몸을 떨었다.

"그땐 PDA가 어떻게 터졌는지 온몸으로 알 수 있을 거다."

"……!"

적시운은 더 말하지 않고 걸음을 옮겼다. 무기를 거둔 일행이 그 뒤를 따라갔다.

"운 좋은 줄 알아, 머저리."

스쳐 지나가면서도 기어코 한마디를 남기는 밀리아였다. 윤주성은 이를 뿌득 갈았지만 그 이상의 반응을 보이지 못했다.

"좀 불쌍하네요. 저 사람은 자기 임무에 충실했을 뿐인데요."

어느 정도 거리가 떨어지고 나서 아티샤가 입을 열었다. 그 말을 듣자마자 밀리아가 펄쩍 뛰었다.

"다짜고짜 우리한테 총구부터 들이댔잖아! 게다가 그 자식이 우리 쳐다보는 거 못 봤어? 그런 망할 자식은 콧대를 분질러 놔야 해."

"쳐다보는 거야 그렇다 치고, 그쪽 말대로 우리가 무단 침입자라면 총을 들이대는 게 이상하진 않은 일이잖아요?"

"그렇지만도 않아. 내가 신원을 밝혔는데도 무장을 해제하지 않았으니까."

적시운이 담담히 말했다.

"외형이야 어떻든 신원을 밝혔다면 그에 상응하는 조사 절차를 밟아야 해. 하지만 그놈은 독단적으로 결론을 내렸지. 야전교범을 전혀 따르지 않은 행태를 보인 거야."

"아, 그런가요?"

"밀리아 말처럼 낙하산일 가능성이 높아. 계급만 봐도 그렇고."

일행이 걷고 있는 통로는 상당히 넓었다. 높이와 너비만 해도 5m는 족히 됨직한 규모. 천장에 촘촘히 박혀 있는 LED 등으로 인해 대낮처럼 밝았다.

걷는 도중 몇 개의 전자식 출입문과 마주쳤는데, 그때마다 미네르바를 이용해 해킹하여 지나갔다.

지상의 폐허와는 대비되는 첨단 시설 그 자체. 새삼 문명의 품 안으로 들어왔다는 게 느껴졌다.

"내 기억대로라면 이 문 너머가 바로……."

적시운은 마지막 전자동 문을 열어젖혔다.

"신서울 지하 도시야."

광활한 공간이 나타났다.

가장 두드러지는 것은 하늘이었다. 분명 땅속 깊은 곳에 존재하는 공간임에도, 푸른빛 하늘과 새하얀 구름이 한가로이 펼쳐져 있었다.

"저건 대체……?"

넋이 나간 채 하늘을 응시하던 헨리에타가 중얼거렸다.

"홀로그램이야. 전방위로 레이저를 투사해서 가능한 실제 하늘과 가까이 보이게 만든 거지. 실제로는 돔 형태의 천장이 자리 잡고 있어."

"뭔가 굉장하면서도 낭비 같아 보이네."

"그렇지만도 않아. 철갑에 둘러싸인 공간 속에 살다 보면 우울증이 도지기에 좋거든. 저걸 설치하고 나서 자살율이 꽤나 떨어졌지."

하늘은 서서히 분홍빛으로 번지고 있었다.

제법 그럴싸한 황혼. 하지만 홀로그램의 한계 때문인지 이따금 노이즈가 생겼다.

"그래 봐야 진짜엔 미치지 못하지만."

일행의 시선이 뒤늦게 아래로 내려갔다. 그들이 나온 곳은 시가지의 외곽인 듯했다.

흙으로 된 바닥과 나무들이 심어져 있는 가운데, 멀리 마천루의 숲이 펼쳐져 있었다.

"이제는 어쩔 생각이야?"

"뻔한 거잖아."

적시운이 걸음을 옮겼다.

"집으로 가야지."

생각해 보면 그리 자주 머물던 곳은 아니었다. 직장의 성격상 추가 근무와 밤샘, 파견쯤은 기본이었기 때문이다. 오히려 직장 건물인 특무부 본부의 인테리어가 더 친숙할 지경이었다. 지긋지긋할 정도로 그곳에서 먹고 잤으니까.

그럼에도 본부가 아닌 집이 친근한 것은, 대체할 수 없는 가치가 있기 때문이었다. 가족이라는 이름의 가치 말이다.

"……."

적시운은 아파트 건물 앞에서 멈추었다. 몇 걸음만 들어가면 되는 일인데 발이 쉽게 떨어지질 않았다.

'무슨 말부터 해야 할까.'

멋대로 결정하고 떠나 버린 것을 사과해야 할 것이다. 그동안 잘 지냈느냐고 물어도 봐야 할 것이다. 10년 동안 미처 나누지 못한 이야기를 풀어놓아야 할 것이다.

한데 그러기가 쉽지 않았다. 10년의 세월을 마주한다는 것은 생각보다도 무서운 일이었다.

부드럽고 따스한 느낌이 손등에 닿았다. 적시운의 손을 감싼 헨리에타가 부드럽게 웃었다.

"어서 가 봐야지. 가족들이 기다리고 있을 거야."

"……그래."

적시운은 심호흡을 하고 걸음을 옮겼다. 헨리에타는 나머지 세 사람을 기다리게 하고서 그 뒤를 따랐다.

엘리베이터를 타고 올라가 문 앞에 섰다. 생체 인식 기능이 달린 개폐 장치에 손을 얹었다.

삐빅.

아날로그적인 신호음. 집주인으로 인식한다면 문이 열릴 테고, 외부인으로 인식한다면 초인종이 울릴 것이다. 하지만 나타난 반응은 그중 어느 것도 아니었다.

[이 집엔 거주자가 없습니다.]

자그만 스크린 위로 떠오르는 글자. 적시운의 동공이 확대됐다. 혹시나 하여 다시 손을 얹었다. 똑같은 내용의 글귀가 떠올랐다.

나중엔 손바닥으로 기계를 쾅쾅 쳤다. 스크린이 잠깐 이지러질 뿐, 떠오르는 글귀의 내용은 똑같았다.

"무슨 일이야? 왜 그러는데?"

적시운은 대꾸하지 않았다. 지금은 그녀의 목소리도 귀에 들어오지 않았다.

우직!

그대로 문고리를 비틀어서는 문짝을 뽑아냈다. 그러고는 거침없이 안으로 들어섰다.

"……!"

집 안은 황량했다. 실내를 장식하던 인테리어는 물론이요, 기본적인 가구 하나 남아 있지 않았다.

이사를 가거나 옮겨졌을까? 그게 아니라면…….

뿌득 이를 악문 적시운이 몸을 돌렸다. 엘리베이터나 계단을 타고 내려가는 것도 시간 낭비였기에 그대로 창밖으로 뛰어내려 착지했다.

서슬 퍼런 분위기에 일행은 긴장했다.

"시운 님? 무슨 일이라도…… 있었던 건가요?"

적시운은 대답하지 않고서 걸음을 옮겼다. 헐레벌떡 계단으로 뛰어 내려온 헨리에타가 말했다.

"따라가자."

"대체 뭐가 어떻게 된 거야?"

"집이 텅 비어 있었어. 꽤나 오래전부터 사람이 살지 않았던 모양이야."

"그러면……."

적시운은 이미 꽤나 멀어진 뒤였다. 저러다 경공이라도 펼쳐서 사라져 버리면 네 사람은 미아가 되는 셈. 결국 헐레벌떡 달려가 적시운을 따라잡았다.

"관청이나 관련 기관을 찾아가 보면 되지 않을까? 그냥 단순히 이사 간 것일 수도 있잖아?"

급히 말을 쏟아내는 헨리에타.

적시운이 대꾸조차 하지 않을까 노심초사하는 그녀였다.

"알아."

다행히도 적시운이 입을 열었다. 헨리에타는 내심 안도했다.

"그래서 가장 확실한 곳을 찾아갈 생각이야."

"확실한 곳?"

고개를 끄덕인 적시운이 말했다.

"특무부 본청."

2174년.

대한민국은 격동의 소용돌이 한가운데에 있었다. 지난 10
년간 마수들의 움직임은 비교적 소극적이었다. 무시무시한
기세로 미국을 멸망시키고 UN을 궁지로 몰아넣던 때와는
상당히 달랐었다.

낙관론자들은 마수들이 지쳤노라고 주장했다. 인간의 반
격에 의해 놈들도 상당한 피해를 입었다고, 더불어 놈들의
지구력은 인간보다 확연히 떨어진다고 말이다.

비관론자들은 혀를 찼다. 그리고 아직 극지방의 메인 게이
트가 건재하며 마수들의 제왕인 천마의 털끝조차 건드리지
못했음을 지적했다.

무의미한 갑론을박 속에서 위태로운 평화가 지속됐다.

그렇게 흐른 시간이 대략 10여 년. 그런 가운데 대한민국
의 지도층도 상당한 변화를 겪었다. 기존의 인물들이 물갈이
되고 새로운 이들이 권력을 거머쥔 것이다.

전쟁 영웅은 역사의 뒤안길로 사라지고 협잡꾼들이 그 자
리를 채웠다. 평화로움 속에 나태해진 시민들은 그 변화의
위험성을 미처 간파하지 못했다.

그런 가운데 한반도의 마수 출몰 비율이 차츰 상승하고 있

었다.

폭풍전야의 바람 소리처럼.

"그게 대체 무슨 소린가!"

서울 수비대 특임장관 윤필중이 버럭 소리를 질렀다.

극소수의 요인만이 이용 가능한 직통 라인. 이를 나타내는 LED 라이트에 붉은 불이 깜빡이고 있었다.

"주성이 그놈이 누군가에게 당한 것 같다니. 이 무슨 귀신 씻나락 까먹는 소리란 말인가?"

ㅡ그것이…… 모종의 사유로 출동하셨다가 돌아온 다음부터 도련님의 상태가 심상치 않습니다.

"심상치 않다니?"

ㅡ낯빛이 파리하고 정서 불안을 겪는 것이, 정말로 귀신이라도 보신 게 아닌가 싶을 지경입니다.

"대체 무슨 일이 있었기에?"

ㅡ도련님께서는 설명을 거부하고 계십니다.

"귀신이 됐든 시체가 됐든 그놈 혼자 보고 온 게 아닐 것 아닌가!"

ㅡ예, 그래서 함께 출동했던 병사들의 증언을 들으려 했습

니다만 입을 열지 않습니다. 아무래도 도련님께서 입단속을 하신 것 같습니다.

"못난 놈."

윤필중은 입술을 짓씹었다.

탄탄대로가 약속된 엘리트. 그게 바로 그의 장남이었다.

적당한 전공을 세워주면서도 안전을 기해야 했기에 얼마 전에 폐쇄된 입구 근처로 발령했다. 어지간한 머저리가 아닌 이상은 문제가 생길 일도 없거늘, 웬일인지 모를 일로 허덕 대고 있다는 것이다.

"주성이 놈의 부관도 그 자리에 있을 테지. 내가 보잔다고 전하게."

─예, 장관님.

감시 겸 보호를 위해 파견된 요원이 대답했다. 10분도 지 나지 않아 윤주성의 부관이 호출되었다.

"단도직입적으로 묻지. 오전 경에 소대가 출동했었던 기 록이 남아 있는데, 무슨 일이 있었던 건가?"

"단순한…… 순찰이었습니다."

"그 순찰 중에 귀신이라도 본 모양이지?"

"예?"

"상관의 명령에 반문하게 되어 있나?"

"죄송합니다."

"누가 죄송하랬나? 묻는 말에나 대답하게. 무슨 일이 있었지?"

"그것이……."

부관은 더듬거리며 설명을 늘어놓았다. 자신을 적시운이라 밝힌 신원 미상의 사내. 그를 따르는 4명의 외국인. 폐쇄된 입구를 통한 출입 및 충돌까지. 윤필중의 표정이 시시각각으로 험악해졌다.

"그러니까, A랭크로 추정되는 이능력자를 놓쳤다는 말이군. 그놈은 지금 아무런 방해도 없이 시내를 활보하고 있고."

"……."

"내가 제대로 이해한 게 맞는지 대답하게."

"그…… 그렇습니다, 장관님."

"즉결 처분감이군."

부관의 얼굴이 핼쑥해졌다. 윤필중은 살점이 접혀 있는 턱을 매만졌다.

"그 침입자가 자신을 적시운이라 소개했다고?"

"예, 그렇습니다."

익숙하지 않은 이름이었다. 그다지 중요한 인물은 아닌 듯했다.

"그는 자신을 특무부 소속 2급 사이킥이라고 설명했습니다."

"2급?"

A랭크 이능력자라면 능히 1급 자리를 꿰차고도 남는다. 한데 2급이라는 게 이상했다.

"해당 인물은 이미 10년 전에 사망 처리 됐습니다."

부관이 설명을 덧붙였다.

"한데 이제 와서 살아 있었노라며 나타난 겁니다."

"근본도 알지 못할 양키들을 데리고서?"

"그렇습니다."

"웃기는 놈이로군. 사실이든 아니든 간에 말이야. 그 외에 뭔가 더 지껄여 댄 얘기는 없나?"

"특무부장에 대해 말했었습니다."

"특무부장? 심재윤 말인가?"

"아닙니다. 김무원이었습니다."

"흐음⋯⋯."

3년도 전에 해고당한 인간이었다. 파벌 간의 파워 게임에서 밀려 모든 것을 잃고 몰락한 얼간이. 그게 바로 김무원이었다.

"어쩌면 정말 10년 전에 뒈졌다는 놈이 맞는지도 모르겠군. 뭐가 어떻게 된 건지는 몰라도 말이야."

4명이나 되는 외국인과 동행했다는 것도 특이점이었다. 한반도 내에 외국인이 아예 없는 것은 아니지만, 그래도 국가의 특성상 많은 편은 결코 아니었던 것이다.

"이 일은 어느 누구에게도 발설하지 말게."

윤필중은 잠시 생각을 치우고서 말했다.

"만약 타인을 통해 내 귀에 얘기가 들려온다면 자네 소행으로 알겠네."

"……!"

"알겠나?"

"예, 예! 물론입니다, 장관님."

"가게."

부관이 두 눈을 껌뻑였다. 대번에 말을 알아듣지 못한 모양. 윤필중이 걸쭉하게 혀를 차자 그제야 이해한 듯 움찔했다.

"예!"

경례를 붙인 부관이 도망치듯 방을 나갔다.

윤필중은 다시 직통 라인을 켜고서 입을 열었다.

"특무부장 심재윤과 연결해 주게."

―예, 잠시만 기다려 주십시오.

여성 중계원의 간드러진 목소리가 대답했다. 연결이 되는 동안 윤필중은 고급 가죽제 의자 위로 몸을 누였다.

"A급 사이킥이란 말이지."

핵폭탄급이라고 할 것까진 없겠지만 도시 안을 휘젓고 다니게 두기엔 위험했다. 하물며 정식 절차도 밟지 않고서 들어온 것이라면.

못난 아들의 뒤치다꺼리를 하는 것은 이번에도 아버지의 몫이었다.

"멍청한 녀석."

─특무부장님과 연결이 되었습니다.

윤필중은 상체를 일으켰다.

"요원들 좀 출동시켜야 할 것 같네. 잠재적 위험인물이 하나 도시에 잠입한 모양이야."

─예?

"A급 이능력자가 폐쇄된 입구를 통해 도시에 잠입했네."

─폐쇄된 입구라면 설마…….

특무부장의 음성이 잦아들었다. 어느 정도 상황을 이해한 까닭이었다.

"아버지란 참으로 피곤한 직업이지. 안 그런가, 특무부장?"

─아, 예. 그렇지요.

"가능한 조용히 처리하고 싶네. 침입자의 정보를 전송할 테니 확인하게."

─조용히 처리한다 하심은……?

"뻔한 것 아니겠나?"

윤필중이 허허 웃었다.

"회유할 수 있다면 하되, 그게 아니라면 제거하는 수밖에."

특무부장 심재윤은 미간을 찌푸렸다.

"적시운이라고?"

그의 사무용 모니터엔 윤필중 측에서 보내온 정보가 담겨 있었다. 정보라 해봐야 이름과 능력을 대강 휘갈겨 놓은 게 전부였지만.

10년 전에 사망했다는 2급 사이킥. 반나절 전쯤에 갑자기 폐쇄된 입구를 통해 도시에 진입했으며 4명의 외국인이 동행하고 있었다고 했다.

"북서부 폐쇄동이라면 윤주성이 배치된 곳이로군."

보아하니 접촉했다가 놓친 모양. 어쩌면 단순히 놓친 것 이상의 굴욕을 당했을지도 모른다.

"그나저나 이런 녀석이 있었단 말이군."

심재윤은 엄밀히 말해 허수아비에 불과했다. 전임 특무부 장인 김무원과 대립하던 이들이 그를 쫓아내고 세워놓은 허수아비. 그렇다 보니 특무부에 대해 결코 정통할 수가 없었다. 현직 요원들이라면 모를까 10년도 전의 요원에 대해서도 알 정도는 결코 아니었다.

"흠."

심재윤은 부서 내 데이터베이스를 검색해 적시운을 찾아

봤다. 그리고 자기도 모르게 눈썹을 꿈틀댔다.

"뭐야, 이건?"

[접속 불가. 액세스를 위해선 패스워드가 필요합니다.]

기본 정보를 제외한 모든 것이 열람 불가였다. 사적인 기록은 물론이요, 행적과 공무 기록 역시 마찬가지였다. 사망으로 추정된다는 글귀만이 뚜렷하게 박혀 있을 뿐.

"김무원 그 작자가 록을 걸어놓은 건가?"

그럴 가능성이 다분했다. 그렇다면 요점은 그 이유가 무엇인가 하는 것이었다.

"10년 전에 무슨 일이 있었던 거지?"

적시운은 걸음을 멈췄다. 제대로 된 현판 하나 달려 있지 않은 건물 앞. 지상으로 드러난 층수나 규모는 초라할 정도로 작았으나, 그것은 어디까지나 겉모습에 불과했다.

"여기가 거기야?"

"그래."

헨리에타에게 대꾸하는 적시운의 눈동자에 미묘한 빛이

스쳤다.

"여기는 변한 게 없구나."

10년의 세월이 흘렀다고 하지만 그것은 외부의 이야기일 뿐. 정작 적시운은 집을 떠나고서 반년 조금 넘는 시간을 보냈을 뿐이다.

시간을 거슬러 중원으로 가 천마를 척살하고 다시 북아메리카 대륙에 떨어져 살아남기 위해 사투를 벌였다.

그렇게 흘러간 반년. 고작 그 정도의 시간이 흘렀을 뿐인데 이쪽 세상에선 10년이 흘렀다니. 도저히 믿기지 않았다.

"부장님 얼굴 주름이 늘어난 걸 보면 실감이 날지도 모르지."

적시운은 건물 안으로 들어섰다.

접수처는 허름했다. 제멋대로 머리를 볶은 듯한 아가씨 한 명이 빈둥거리며 앉아 있을 따름. 일종의 위장이라 할 수 있었다.

"물건 안 사요. 딴 데 알아보세요."

접수처 아가씨가 적시운을 쳐다보지도 않고서 말했다.

낯선 얼굴. 그래도 피식 웃음이 나는 이유는 태도의 익숙함 때문이었다.

"요즘도 이런 식인가 보네."

볶은 머리 여자가 힐끔 적시운을 쳐다봤다. 적시운은 그녀에게 다가가 책상에 손을 얹었다.

"시간 낭비하고 싶지 않다. 특무부장님을 좀 만나야겠어."

"뭐야, 당신?"

"특무부 요원."

"난생처음 보는 낯짝인데?"

"까마득한 선배님이니까."

여자가 픽 웃었다.

"아, 그러세요? 그럼 신분 좀 확인할 수 있을까요?"

"좋을 대로."

적시운은 미네르바를 내놓았다. 전자식 신원 확인.

여자가 미네르바의 단자와 사무용 PC를 연결했다. 짤막한
시간이 흐르는 동안, 그녀의 얼굴이 눈에 띄게 창백해졌다.

"당신, 대체 뭐야? 이건 어디서 주웠지?"

"왜, 거기에도 내가 죽었다고 나오나?"

여자의 손이 책상 아래로 향했다. 비상 스위치를 누르려는
것. 적시운은 염동력을 발해 그녀의 손을 묶어놓았다.

"……!"

흠칫한 여자가 이능력을 발했다. 보아하니 변환 계열인 모
양. 책상 모서리가 칼날의 형태를 갖춰서는 튀어 올랐다. 몇
㎝ 움직이지도 못하고 막혀 버렸지만.

"큭!"

여자의 얼굴이 새파랗게 질렸다. 짤막한 충돌만으로도 상대의 실력이 압도적이라는 것을 깨달았던 것이다.

"몇 가지 물을 테니 성실하게 대답해 줬으면 좋겠어, 후배님."

적시운이 나직한 어조로 말했다.

"김무원 부장님은 아직 자리를 지키고 계신가?"

"김무원 부장님?"

부정적 의미가 섞여 있는 반문. 적시운의 표정이 살짝 굳었다.

"어떻게 되셨지?"

"3년…… 전쯤에 사직하셨어요. 저도 그 이상은 알지 못해요."

"지금 특무부장은?"

"심재윤……."

처음 듣는 이름이었다. 적시운의 표정이 한층 딱딱해졌다.

"그렇다면 일단 그자라도 만나봐야겠군."

5

적시운은 시선을 돌렸다.

접수처의 여자가 의혹 섞인 눈으로 바라봤다. 뭘 어떻게 할 거냐는 듯한 시선. 적시운은 픽 웃고서 책 하나 꽂혀 있지 않은 책장으로 다가갔다.

"10년 동안 변하지 않는 것도 있는 법이지. 대한민국 정부가 내 생각보다 부지런하다면 또 모르겠지만."

"……?"

위에서 4번째, 좌측단에서 20㎝ 떨어진 위치의 자그만 흠. 그곳을 지그시 눌렀다.

드르르륵.

책장이 옆으로 밀리며 비밀 문이 나타났다. 접수처의 여성이 얼이 빠진 눈으로 바라봤다.

"어, 어떻게?"

"까마득한 선배님이니까. 다음부턴 묵례라도 좀 해라."

"……."

"내가 들어가거든 바로 침입자 경보를 울려. 그래야 문책을 면할 수 있을 테니."

적시운이 성큼성큼 안으로 들어섰다. 나머지 일행 또한 지체 없이 그 뒤를 따라갔다.

통로는 어두컴컴했다. 광원이라고는 천장의 희미한 전등뿐이니 그럴 만도 했다. 그래도 적시운은 일말의 주저도 없이 나아갔다.

"……."

미로 같은 공간. 그래도 익숙한 이에겐 어려울 게 없었다.

몇 개의 코너를 지나 어느 방향으로 꺾고 들어가야 하는지, 적시운은 모든 것을 속속들이 알고 있었다.

그렇게 도착한 특무부장실. 적시운이 문을 열기 전에 희미한 경보음이 들려왔다. 접수처의 여자가 경보를 울린 모양. 생각보다 늦게 울린 것은 그녀 나름대로의 배려인 듯했다.

'혹은 그냥 넋이 나가서 울리는 게 늦은 건지도.'

어느 쪽이든 상관은 없었다.

철컥.

문고리가 헛돌았다. 경보와 함께 잠긴 모양. 경보가 울린 경우 3중 잠금 체계를 통해 시설 내 모든 출입문이 폐쇄되게 되어 있었다. 그걸 일일이 해제하고 여는 건 시간과 노력의 낭비일 뿐.

적시운은 주먹을 그러쥐었다.

쾅!

최첨단 설비를 갖춘 출입문이 깡통 신세가 되어 뜯겨 나갔다. 한복판에 큼직한 주먹 자국을 남긴 채.

"누, 누구냐!"

잔뜩 위축된 목소리가 들려왔다.

적시운은 대답 없이 안으로 들어섰다.

탕!

약간의 주저도 없이 터져 나온 총격.

이능력 무효화 능력을 지닌 탄환, APB(Anti Psychic Bullet)이었다.

안일하게 배리어 따위로 막으려 하면 그대로 꿰뚫린다. 물론 적시운은 그러지 않았다. 고위직 공무원들의 개인 무장에 대해선 뻔히 알고 있었기에.

그래서 주먹으로 후려쳤다. 초음속으로 날아드는 탄환을.

캉!

튕긴 탄환이 벽에 처박혔다. 적시운을 제외하고는, 심지어 탄을 쏜 심재윤도 무슨 일이 벌어진 건지 곧바로 이해하지는 못했다.

"뭐, 뭐야?"

"내가 물을 말이다."

적시운은 거침없이 다가가 심재윤 앞에 섰다.

"큭!"

심재윤이 재차 방아쇠를 당기려 했다. 적시운은 파리를 훑듯 손을 떨쳤다. 권총이 산산이 조각나 흩어졌다.

"크윽!"

손아귀를 움켜쥔 채 신음하는 심재윤. 손바닥이 찢어져 피가 흘렀다. 이를 내려다보는 적시운의 시선은 한없이 차가웠다.

"전임 특무부장 김무원, 지금은 어디에 있지?"

"그, 그건 왜 묻지?"

"알고 싶으니까."

"넌 대체 누구냐?"

"알고 있을 텐데?"

그건 그랬다. 기껏해야 몇 분 전에 알게 된 것에 불과했지만.

"2급 사이킥 적시운, 정녕 네놈이 맞단 말이냐?"

"그렇다니까."

"10년 전에 사망 처리된 주제에 어째서 이제야 나타난 거지? 게다가 왜 네놈의 상세 정보에 록이 걸려 있는 거지?"

적시운의 얼굴이 일그러졌다.

"그건 내가 물을 말이다. 사망 처리한 것까진 그렇다 쳐도, 어째서 약속을 지키지 않은 거지?"

"약속이라고?"

"내 가족들! 너희가 지켜주겠다고 약속했잖나!"

대량의 살기가 폭사됐다. 그간 적시운이 애써 억눌러 온 감정의 격류였다.

헨리에타를 비롯한 일행은 그 시퍼런 서슬에 질려 방 안으로 들어서질 못했다. 정면에서 마주하게 된 심재윤의 심정은 말할 것도 없는 것. 비지땀을 흘리는 그의 얼굴은 새하얗게 질려 있었다.

"내 동생 어떻게 했어!"

쨍그랑!

벽면에 부착된 모니터들이 와장창 부서져 나갔다. 실체화된 살기의 회오리가 방 안을 맴돌며 닿는 것을 모조리 부숴 놓았다.

"나, 나는 모른다. 아무것도 몰라! 그냥 윗분들이 앉혀주시는 대로 이 자리에 눌러앉았을 뿐이야. 나도 그냥 시키는 대로 하는 입장일 뿐이라고!"

"나도 알아, 네가 허수아비인 거."

적시운이 싸늘하게 대꾸했다.

"그러니까 닥치고 묻는 말에나 대답해. 김무원 어디 있어. 죽지 않았다면 어딘가에 살아 있을 것 아냐."

"나, 나도 잘……."

콰직!

벽면 한쪽이 종잇장처럼 우그러졌다. 심재윤이 제자리에서 펄쩍 뛰며 침을 튀겼다.

"하, 하지만 그자의 정보가 특무부 데이터베이스에 남아 있을 거야. 사택 위치랑 뭐 하고 사는지도!"

"접속해."

"아, 알겠다. 그러니까 제발……."

"안 죽인다. 그러니까 접속이나 해."

"그, 그래!"

심재윤이 책상 앞에 앉았다. 액정이 일부분 깨졌으나 다행히 모니터도 본체도 무사했다.

삐빅. 삐비빅.

터치 보드를 두드리는 손가락이 사시나무처럼 떨렸다. 몇 분 사이에 사람 자체가 쪼그라진 듯한 느낌.

처량하면서도 일견 불쌍한 모습이었으나 적시운은 무감정한 눈으로 바라볼 따름이었다.

모니터 위로 익숙한 프로필 창이 떴다.

[김무원. 58세.]

사진으로 보는 김무원의 모습은 생각보다도 낯설었다. 구릿빛 얼굴 곳곳에 처음 보는 흉터가 나 있었고, 그래도 절반쯤은 검던 머리가 대부분 하얗게 새어 있었다.

시선이 곧장 아래로 내려갔다. 심재윤의 말마따나 사택 위치가 적혀 있었다.

[신 종로 가로수길 11–2번지.]

"이, 이제 됐나?"

심재윤이 애원하는 듯한 얼굴로 물었다.

적시운은 주소를 머릿속에 각인하고서 대답했다.

"아니."

"왜, 왜?"

"더 찾아볼 게 있으니까. 적수린, 적세연, 임하영. 세 이름으로 검색해 보도록 해."

"아, 알겠다."

심재윤이 독수리 타법으로 터치 보드를 두드렸다. 이윽고 세 명의 프로필이 모니터에 뜨는가 싶더니…….

[접속 불가. 액세스를 위해선 패스워드가 필요합니다.]

앞서 심재윤이 보았던 화면이 떠올랐다. 적시운 때와 완전히 같은 창이었다.

"암호 입력해."

"모, 몰라! 나도 전혀 모른다고. 김무원한테 일언반구도 얘기를 듣지 못했어! 정말이야. 하늘에 맹세코!"

심재윤이 황급히 변명을 늘어놓았다. 눈물까지 글썽이는 게 거짓 같지는 않았다. 살기 어린 눈으로 모니터를 노려보던 적시운이 고개를 돌렸다.

"그렉, 해킹할 수 있겠어?"

"내가?"

"너 말고는 기계 만질 줄 아는 사람이 없잖아."

잠시 터치패드를 만지작거린 그렉이 미간을 찡그렸다.

"OS 자체가 달라서 힘들 것 같다. 나는 클라리스만큼 대단한 실력은 되지 못해서."

"그래?"

"그렇다. 미안하다."

평소라면 하지 않았을 사과. 실제로 그렉이 미안할 일이 아니긴 했다. 그럼에도 자연히 그 말이 나온 것은, 그만큼 적시운의 살기가 날카롭고 독하기 때문이었다.

적시운은 심호흡을 하며 기운을 가라앉혔다. 이대로 있다간 다른 이들은 몰라도 심재윤은 확실히 죽이게 될 것 같았다.

"둘 중의 하나군. 보안을 뚫거나 해제할 사람을 찾거나, 김무원을 찾아가거나."

"그래서, 어떻게 하려고?"

헨리에타가 조심스럽게 물었다. 한동안 침묵하던 적시운이 입을 열었다.

"일단은 나가자. 여기에 더 있다간 미쳐 버릴 것 같아."

적시운은 심재윤의 PC와 미네르바를 연결했다.

약간의 조작만으로도 특무부의 데이터를 고스란히 카피할 수 있었다. 심재윤은 바들바들 떨며 그 모습을 지켜봤다. 모니터 중앙의 바가 서서히 100을 향해 차오르는 광경을.

"말리거나 저지하려고도 하지 않는군. 국가 기밀 정보가 송두리째 뽑혀 나가는데."

차갑게 중얼거리는 적시운. 심재윤의 몸이 감전된 것처럼 경기를 일으켰다.

"히, 히익!"

"죽이진 않겠다. 그러니 당장 사직서 쓰고 찌그러져라. 특무부장은 너 같은 놈이 맡아야 할 자리가 아냐."

그 말을 남긴 채 적시운이 방을 나섰다. 일행 또한 심재윤을 힐끔거리며 뒤를 따랐다.

죽음의 위기를 벗어난 심재윤이 의자에서 스르륵 미끄러졌다. 넋이 나간 그의 사타구니는 어느새 흠뻑 젖어 있었다.

접수처로 돌아오니 예의 붉은 머리 여자는 보이지 않았다. 그러고 보면 건물 규모에 비해 특이할 정도로 사람이 없었다.

"원래 이렇게 사람이 적은가 봐?"

"파견 나가는 경우가 많고, 일반 근무 중에도 이곳에 죽치고 있는 일은 거의 없으니까."

간략히 대답하며 문으로 향하는 적시운.

헨리에타가 걱정된 얼굴로 말을 붙였다.

"준비라도 하고 나가야 하지 않겠어?"

"무슨 준비?"

"그러니까…… 싸울 준비."

적시운은 뒤를 돌아보지 않은 채 말했다.

"이미 충분히 해뒀어."

덜컥 문을 열자 인공 햇살이 쏟아졌다.

건물 앞의 널찍한 공터. 20명 남짓한 이가 적시운을 기다리고 있었다. 진형을 갖췄다기보다는 옹기종기 모여 있다는 편이 어울릴 모습. 하지만 어지간한 군사 조직도 그들을 당해내진 못할 터였다.

적시운은 걸음을 멈추고 그들을 돌아봤다. 익숙한 얼굴을 찾기 위함이었다.

"너희는 나오지 마."

뒤쪽을 향한 말이었다. 문밖으로 나오려던 밀리아가 움찔했다.

"하지만, 시운 님."

"너희를 무시하려는 건 아냐. 그저 나 혼자 처리하는 편이 여러모로 수월해서 그래. 싸우든 대화하든 간에."

"……."

"일단 너흰 말도 안 통하잖아. 대화로 끝날 일도 싸움으로 번질 가능성이 높아."

"확실히 그건 그렇네요."

납득한 밀리아가 건물 안쪽으로 다시 들어갔다.

"거침없이 밀고 들어온 것치고는 얌전한 태도인걸. 이 숫자를 보니 겁이 나긴 하나 보군."

굵직한 남성의 목소리. 적시운은 그 주인을 지그시 응시했다. 기억에는 없는 얼굴이었다.

"이건 배려다."

"배려?"

"그래, 너희 후배님들을 위한 최소한의 배려."

후배라는 단어에 남자의 눈썹이 꿈틀댔다.

"어디서 굴러먹다 왔는지 모를 놈이 개소리를 지껄이는군. 대체 누가 네깟 놈의 후배라는 거냐?"

"그 주둥이."

"뭐?"

적시운이 시우보를 밟았다. 쏜살처럼 쇄도하는 신형. 남자의 동공이 확대되었다.

"큭!"

그 또한 어중이떠중이는 아닌지라 곧장 대응했다. 트리플 B랭크의 뇌전이 전방을 향해 방사됐다.

피하거나 흘려보내는 건 불가능에 가까운 힘.

적시운은 그 어느 쪽도 택하지 않았다. 그저 정면으로 뛰어들며 염동력을 방출, 그 힘을 상쇄시킬 따름이었다.

"뭣!"

퍽!

경악성과 타격음이 거의 동시에 울렸다. 한 치 가까이 복부를 파고든 주먹. 남자의 몸이 기역 자로 꺾였다.

"꺼억……! 컥!"

"주둥이 간수 잘해라. 안 그래도 지금 기분이 무척 더러우니까."

남자는 적시운의 말뜻을 알아듣지 못했다. 이미 눈깔을 반쯤 뒤집은 채 혼절한 까닭이다.

"……!"

나머지 인원들, 대한민국 정부 소속 특무요원들의 얼굴이 하얗게 질렸다. 그들 중 과반수는 조금 전에 무슨 일이 벌어졌는지조차 이해하지 못했다.

나머지 이해한 이들은 극심한 공포를 느꼈고, 또 하나의 사실을 뼈저리게 실감했다. 그야말로 격이 다르다는 것을.

6

"막으려 들지 않으면 뚫고 나가지도 않는다. 막으려 든다면 부숴 버리고 간다. 그게 내 유일한 통첩이다."

적시운은 특무요원들을 한차례 돌아봤다.

"시간 없으니 빨리 정해. 어느 쪽이든 상관없으니."

"……."

잔뜩 위축된 분위기.

요원들은 난색을 띤 채 우물쭈물했다. 시간을 끌려는 것 같진 않았지만 짜증이 나긴 마찬가지였다.

적시운이 그대로 돌진하려는 찰나, 여성의 음성이 들려왔다.

"적시운 선배님, 맞지요?"

적시운은 목소리의 주인을 응시했다. 20대 후반으로 보이는 숏컷 머리의 여성.

"누구지?"

"차수정이라고 합니다. 싱글 A랭크 빙한술사죠."

기억에 없는 이름이었다. 적시운이 물끄러미 바라보자 차수정이 덧붙였다.

"선배님과 딱 한 번 임무에 투입된 적이 있었어요. 남부 방어선 수비 작전 때였죠."

"구울 떼가 몰려들었던 날?"

"네."

적시운은 고개를 끄덕였다. 그녀의 이름이 가물가물한 이유도 알 것 같았다. 당시 다른 무언가를 떠올릴 겨를 따위는 없었으니까. 적세연의 고등학교가 습격받았던 것이 바로 그 날이었다.

"용케 나를 기억하고 있군."

"원래 자잘한 것을 잘 기억하는 편이거든요. 게다가……."

잠시 주저하던 차수정이 말했다.

"그때로부터 변한 게 거의 없으셔서요."

"……."

"처음엔 긴가민가했는데 금방 확신이 들었어요. 선배님이 10년 전 모습과 거의 동일하다는 것이요."

"그래서."

적시운은 무감정한 어조로 말했다.

"하고 싶은 말이 뭐지?"

"특무부장님은 살아 계세요?"

"심재윤이란 작자를 말하는 거라면, 그렇다."

안도의 한숨을 내쉰 차수정이 요원들에게 손짓했다. 한동안 주저하던 요원들이 기운을 거두었다.

"네가 수석 요원인가?"

"짬밥이 좀 될 뿐이죠. 얘들 대부분은 견습이에요. 요원으로 차출된 지 얼마 되지도 않은."

"예전 요원들은 어떻게 됐는데? 대부분 죽은 건가?"

"그렇지는 않아요, 다행히도. 다만 사정이 있어서 대부분 오지나 외국으로 발령이 났죠."

"김무원처럼?"

"······네, 전임 특무부장님처럼요."

적시운은 고개를 끄덕였다.

"지금 그를 만나러 갈 생각이다. 막을 테냐?"

차수정은 고개를 살짝 저었다.

"그럼 더 할 말이 있나?"

"······몇 분 전에 선배님 앞으로 수배령이 떨어졌어요. 알고 계세요?"

"몇 분 전에?"

"네, 서울 수비대 측으로부터 전 요원에게 메시지가 발송됐어요."

윤주성이 결국 일러바친 모양.

그래도 적시운은 개의치 않았다. 오히려 어떤 면으로는 잘됐다는 생각도 들었다.

"윗대가리들과 다이렉트로 접촉할 기회가 될 테니."

"예?"

적시운은 대답하지 않은 채 뒤쪽으로 손짓을 했다. 건물 안쪽에 있던 헨리에타 일행이 바깥으로 나왔다.

그들을 힐끔 본 적시운이 대뜸 걸음을 옮겼다. 요원 몇몇

이 움찔했으나 차수정이 눈짓으로 주의를 줬다.

적시운 일행은 그대로 자리를 벗어났다.

요원들은 앞서 쓰러진 남성 요원을 수습했다.

"괜찮겠습니까, 차 선배?"

어느 남성 요원의 질문. 차수정은 적시운에게서 시선을 떼지 않은 채 말했다.

"그대로 싸웠으면 우리 모두 저 꼴이 됐을 거야."

"원래 그렇게 강한 이능력자였습니까? 하지만 위에서 내려온 공문에는……."

"더블 B랭크 염동술사라고 되어 있지. 내 기억으로도 그래."

센스 좋고 눈치가 빠르지만 강하지는 않은, 적당히 눈에 띄는 2급 사이킥. 차수정의 기억 속 적시운은 그런 요원이었다.

하지만 조금 전 마주했던 남자는 그렇지 않았다. 대한민국 특무부 소속 2급 요원과는 모든 면에서 본질적으로 달랐다.

덜컥.

본청의 문이 열렸다. 반쯤 넋이 나간 심재윤이 요원들의 부축을 받고서 걸어 나왔다.

"꼰대, 완전히 맛탱이가 간 모습인데요."

차수정은 짧게 혀를 찼다. 눈치를 받은 후배 요원이 입을 다물었다.

그녀는 PDA에 달린 마이크로 입을 가져갔다.

"수석 요원 차수정이 특무요원 전원에게 전한다. 수배자
가 포위망을 벗어나 이동 중이다. 목적지는······."

위치에 대해 고민할 필요는 없었다. 본인이 대놓고 말해주
었으니.

'전임 특무부장님의 사택.'

"신 종로 가로수길 11-2번지다. 모든 요원은 해당 구역에
집결할 것. 단 목적지의 1㎞ 이내로 접근해선 안 된다. 거리
를 두고서 모이도록 한다."

메시지가 전송됐다.

이어서 그녀는 상부에도 보고를 올렸다. 목표를 눈앞에서
놓쳤으니 문책을 피하기 어렵겠지만, 그 점은 크게 신경 쓰
지 않았다.

'나중에라도 잡기만 하면 되니까.'

조금 전엔 전력상으로 불리했다. 그러니 물러나기를 택했
을 뿐이다. 3보 전진을 위한 1보 후퇴라고 할 수 있었다.

'나는 대한민국의 공무원. 선배에게 무슨 일이 있었는지는
모르겠지만 봐줄 생각은 없습니다.'

신 종로는 이름 그대로 옛 종로의 거리를 빼다 박은 모습이었다. 물론 22세기 사람들이 옛날 종로의 모습이 어떠한지는 알 길이 없었다. 영상이 남아 있다지만 유심히 살펴볼 사람도 많지 않고 말이다. 적시운에게 있어선 그 모든 게 아무래 좋을 일이었지만.

'11-2번지.'

적시운은 걸음을 멈췄다. 생각보다도 빠르게 해당 사택을 찾아낼 수 있었다.

2층짜리 전원주택이었다. 2미터 높이의 담장 너머로 잘 정돈된 정원이 있었고, 깔끔하게 도색된 주택이 중앙에 위치했다.

그 안쪽으로는 인기척이 하나. 아마도 셰퍼드로 추정되는 개 한 마리 또한 감지됐다. 정원 구석의 개집에 팔자 좋게 늘어져 있는 게 딱히 짖어댈 것 같지는 않았다.

"여기서 기다려."

그 말을 남긴 채 적시운이 문으로 다가갔다. 마음 같아선 잠겨 있는 철문을 후려치고 싶었다. 앞서 특무부 청사에서 그랬던 것처럼. 하지만 자제력을 발휘해 초인종을 눌렀다.

"누구시오?"

스피커를 통해 들려오는 익숙한 음성. 적시운은 최대한 감정을 절제한 채 대답했다.

"적시운입니다."

"……."

"왜 찾아왔는지 아실 거라 봅니다. 지금 들어가겠습니다."

말을 마친 적시운이 속으로 셋을 세었다. 다 세고 나면 문을 부수고 들어갈 셈이었다.

3초나마 기다려 주는 것은 옛 상관에 대한 나름의 예우였다.

철컥.

다행히 셋을 다 세기 전에 문이 열렸다.

적시운은 정원을 가로질렀다. 안쪽 문도 열려 있었고 바로 안으로 들어설 수 있었다.

김무원은 거실에 홀로 앉아 있었다. 사진에서 봤던 것보다 조금 더 야윈 모습. 희끗한 머리칼과 선명해진 주름살이 세월의 흐름을 짐작게 했다.

"자네는……."

김무원의 목소리가 가늘게 떨렸다.

"변한 게 거의 없는 모습이로군."

"……."

"설마 살아서 다시 보게 될 줄은 몰랐네. 모두가 타임 슬립 프로젝트가 실패했다고 생각했거든. 설마 자네가 성공했을 줄은……."

"실패한 것 맞습니다. 천마, 아포칼릭틱 데몬 로드의 코빼기조차 구경하지 못했으니까요."

"실패했다고? 자네들이 성공했기에 마수들의 움직임이 얌전해진 게 아니란 말인가?"

"만약 그 임무에 성공했다면 세상 전체가 상상도 못 할 형태로 바뀌었을 겁니다. 혹은 사라져 버렸을지도 모르고요."

"그렇다면 대체……?"

"이젠 제가 물을 차례입니다."

적시운은 김무원의 앞으로 상체를 내밀었다.

"대체 내 가족에게 무슨 짓을 한 겁니까?"

김무원의 눈동자가 가늘게 떨렸다. 희미하게 드러나는 회한의 빛.

적시운의 눈에서 살기가 폭사됐다.

"그들이 잘못됐노라고 말하지 마십시오. 내 손으로 옛 상관을 찢어 죽이긴 싫으니."

"그 점은…… 걱정 말게. 세 사람 모두 무사하니까."

"……정말입니까?"

"물론일세. 자네 어머니와 누나, 그리고 여동생까지. 세 사람 모두 무사히 살아 있어."

적시운의 태도가 순간 누그러졌다. 그래도 완전히 마음을 놓진 않았다. 거짓말의 가능성도 배제할 순 없었기에.

"그렇다면 다들 지금 어디에 있는 겁니까? 원래 살던 집에 찾아가 보니 텅 비어 있던데."

김무원은 마른침을 꿀꺽 삼켰다. 이어질 일을 각오하는 듯한 태도였다.

"세 사람 모두, 현재 이곳에 있지 않네."

콱!

사냥을 위해 강하하는 매처럼 김무원의 목을 낚아 올리는 손아귀. 적시운의 오른팔이 위로 들렸다. 김무원의 두 다리가 바닥에서 10㎝가량 떨어진 채 버둥거렸다.

"커억. 킥!"

"당신 주둥이로 지껄였지. 가족들의 안위를 자기가 책임지겠다고. 목숨을 걸고서라도 이 나라가 약속을 지키게 하겠노라고."

"크…… 윽!"

"거짓말이었던 건가? 어차피 뒈질 놈에게 한 약속이니 지킬 가치 따윈 없다고 생각했나?"

김무원이 필사적으로 고개를 저었다. 그래 봐야 좌우로 거의 돌아가질 않았지만. 애처로운 시선 앞에서도 적시운은 까딱하지 않았다.

약간의 힘. 그저 손가락 끝 마디를 까닥할 정도의 힘만 있으면 된다. 그 정도의 힘만으로도 눈앞의 인간의 모가지를 비트는 데 충분하다. 아예 목뼈까지 부수고 가죽을 뜯어낼 수도 있을 것이다.

하지만 그러지는 않았다. 아직 김무원에게 들어야 할 얘기가 더 있었기에.

적시운은 손을 놓았다. 바닥에 엎어진 김무원이 한참을 켁켁거렸다.

"설명하십시오."

짤막한 한마디에 김무원이 고개를 들었다. 적시운을 바라보는 눈에는 공포가 어려 있었다.

"어서."

김무원은 자기도 모르게 입을 벌렸다.

"그것이…… 그것이 최선이었네. 자네 가족들의 안위를 보장하기 위해서는."

"그게 무슨 말입니까?"

"백신, 기억하나? 자네가 내건 조건. 여동생인 세연이에게 구울 인자 제거 백신을 우선 접종해 달라고 했었잖나."

적시운은 내심 긴장했다.

완전히 미쳐 날뛰거나, 흥분을 가라앉히고 진정하거나.

모든 것은 이어질 김무원의 말에 달려 있었다.

"그랬죠. 제대로 접종했습니까?"

"그렇다네. 자네 여동생의 감염 진행은 접종 후 반나절 만에 멈추었지. 육체를 좀먹던 구울 인자도 완전히 소멸했고 말이야. 세연이는 완전히 치유되었네."

적시운은 지그시 눈을 감았다. 그리고 눈가에 뭉쳐 드는 물기를 내공으로 증발시켰다. 약한 모습을 보이고 싶지는 않았기에.

"그게 문제의 발단이었네."

눈을 뜬 적시운이 김무원을 노려봤다.

"문제의 발단이라니, 그게 대체 무슨 소립니까?"

"자네도 알고 있겠지만, 당시의 백신은 양산에 들어가기 직전이었네. 소수의 시제품만이 완성된 단계였지. 구울에게 감염된 인원수에 비해 턱없이 모자란 숫자만이 말이야."

그랬었다. 그랬기에 적시운이 목숨을 담보로 조건을 걸었던 게 아닌가. 우선순위에서 한참 밀려 있던 적세연을 앞으로 보내기 위해.

"다시 말해, 세연이가 살아남으로써 누군가는 죽을 수밖에 없었다는 말이지. 원래 그 아이가 들어갔어야 할 자리에 있었던 누군가가."

"……."

"하필 그게 태천 그룹 회장의 아들이었다면 이해가 되겠나?"

태천 그룹.

대한민국 정재계를 좌우하는 공룡 중의 하나였다.

재계 10걸이라 불리는 정점 중에서도 최상위권을 차지하는 대그룹. 이는 곧 흑막의 지배자나 다름없다는 뜻이었다.

"백신이 그렇게까지 부족했던 겁니까? 그럴 리는 없을 텐데요?"

"상황이 꼬였지. 하필 세연이의 백신 접종이 마지막 순서에 놓이게 됐고, 그 아이가 접종받기 직전에 태천 그룹 회장의 아들이 구울에게 감염당했네."

"그럼……."

김무원은 지그시 눈을 감았다.

"외압이 있었네. 그 아이의 접종을 포기하고 백신을 넘기라는 압력이었어."

"……."

"나는 선택했지. 그 결과가 이것이네. 사택 하나만 남겨진 채 쫓겨나 수감자처럼 지내야 하는 삶 말이야."

적시운은 살기를 완전히 거두었다. 김무원은 담담한 어조로 말을 이었다.

"그 선택에 후회는 없네."

7

"지금 그 말, 정말이라고 맹세할 수 있습니까?"

"지금껏 내가 한 말엔 한 치의 거짓도 없네. 내 모든 것을 걸고서 맹세할 수 있네."

"자식들의 목숨이라도 말입니까?"

사별한 아내를 제외하고 딸 하나와 아들 하나. 적시운이 알고 있는 김무원의 가족은 그 둘뿐이었다.

의미가 분명한 암시. 김무원은 붉게 상기된 얼굴로 적시운을 똑바로 응시했다.

"내 모든 것을 걸고 맹세하지. 자네 가족들의 일에 관한 한, 나는 한 점의 부끄러움도 없네."

"확인해 보겠습니다."

적시운이 나직하게 말했다.

"그 후에 부장님의 말이 사실로 판명된다면, 그때 정식으로 사과드리죠."

"사과는 필요 없네. 약속을 한 것도 나고, 자네를 사지로 몰아넣은 것도 나니까. 게다가 결과적으로는 자네 가족들을 신서울 바깥으로 쫓겨나게 만들었네. 그것만큼은 어떻게도 되돌릴 수가 없는 명백한 사실이야."

"태천 그룹입니까? 놈들이 제 가족들을 노린 겁니까?"

"그렇다네. 나로서도 어떻게든 지켜내려 했지만 역부족이었네. 결국 세 사람을 신서울 바깥으로 빼내는 게 최선이었지."

"……."

"그 결과 나도 이 꼴이 되었네. 팔다리를 잘리고 모가지까지 달아났지. 남은 것은 100평 남짓한 집 한 채와 매일 감시당하는 생활이라네."

"……제 가족들은 지금 어디에 있습니까?"

잠시 침묵하던 김무원이 입을 열었다.

"과천 지상 특구에 있네. 세 사람 모두."

"과천 지상 특구?"

"신도시 개발을 위해 지정된 곳일세. 자네가 떠난 이후에 바로 신설됐지. 하지만 문제가 생겨서…… 지금은 조금 특이한 상황 아래에 놓여 있네."

"특이한 상황이라니, 그게 무슨 말입니까?"

"설명하자면 복잡하다네. 10년 전과는 많은 게 변해버렸어. 10년이면 강산이 변한다는 말도 있긴 하지만, 그걸 감안해도 너무나 많은 것이 바뀌었지."

"……제 가족들은 안전한 겁니까?"

"내가 알고 있는 한, 과천 특구야말로 대한민국 정재계로부터 가장 안전한 곳일세. 최소한 한반도 내에서는 말이야."

크게 와닿지는 않는 말이었다. 과천 특구라는 곳에 대해 아무것도 아는 바가 없으니 당연한 일이었다.

그나마 다행인 점은 김무원의 태도. 최소한 그가 거짓말을 하는 것 같지는 않았다.

'날 속일 정도의 연기력을 갖추게 된 거라면 또 모를까.'

애초에 김무원은 연기나 기만과는 거리가 먼 사내였다. 물론 10년 동안 변했을 가능성도 없진 않았지만.

'그만.'

적시운은 더 의심하지 않기로 했다. 지금 해야 할 일은 의심이 아니라 과천으로 향하는 것이었다.

"지금 바로 과천으로 향할 생각인가 보군."

"예, 뭔가 문제라도 있습니까?"

"있다네. 사소하다고만은 할 수 없는 문제가."

김무원이 탁자 아래로 손을 뻗었다. 이윽고 소형 PDA가 그의 손에 들려 나왔다.

화면 위로 몇 개의 메시지가 적혀 있었다. 상부와 지휘관이 하달한 명령들. 익숙한 얼굴과 이름이 그 사이에서 도드라졌다.

'차수정.'

그녀의 직함은 수석 요원.

적시운이 예상한 대로였다. 애초에 동기 대부분이 발령 형태로 쫓겨났는데도 그녀 혼자 신서울에 남아 있는 데엔 그럴 만한 이유가 있다는 뜻. 단순히 실력 덕분만은 아닐 터였다.

"조금 전에 들어온 메시지일세. 보아하니 자네에 대한 이야기인 듯싶군."

"메일 전산망을 해킹한 겁니까?"

"살아남기 위한 조치 중 하나지. 이빨이 모조리 빠진 신세니 눈치라도 빨라야 하거든."

적시운은 수배령을 대강 훑었다. 동시에 기감을 확장해 사택 주변을 살폈다.

'1㎞ 바깥에 옹기종기 모여들 있군.'

요원의 숫자는 대략 50. 보아하니 일반 병력까지 오고 있는 모양이었다. 꽤나 준비가 철저하구나 싶었다.

"이 저택 지하에 비상 통로가 있네."

적시운은 김무원을 돌아봤다.

"남쪽 13번 게이트까지 이어지는 통로라네. 그곳으로 빠져나가게. 천안 시가지를 빙 돌아간다면 추격대와 조우하지 않고 달아날 수 있을 걸세."

"부장님은 어쩌고요?"

"이렇게 된 이상 함께 빠져나가야지. 통로가 발각되면 나도 공범자 취급을 받게 될 테니."

적시운은 피식 웃었다.

"범죄를 저지른 적도 없는데요? 저나 부장님이나."

"특무부 본청을 습격했잖나? 자네는 이미 테러리스트 취급을 받고 있을 걸세."

"아, 하긴."

생각보다 미적지근한 적시운의 반응. 김무원은 초조함을 느끼면서도 인내심을 가지고 말을 이었다.

"일단 나와 함께 빠져나가세. 남쪽 게이트를 뚫고 나가 과천으로 향하는 걸세."

"부장님도 말입니까?"

"어차피 조만간 이곳을 떠날 생각이었네. 팔다리가 잘린 이상 목줄이 조여지는 것은 시간문제이니 말일세. 자네가 나타난 덕에 계획이 좀 더 당겨졌을 뿐이네."

"그렇군요."

적시운은 창가로 다가가 창문을 활짝 열었다.

"안으로 들어와."

목소리를 들은 일행이 집 안으로 들어왔다. 그들의 면면을 본 김무원의 표정이 멍해졌다.

"서양인들인가?"

"혹 덩어리들이죠."

시큰둥하니 대답하는 적시운. 이내 금발의 게르만계 여성이 헛기침을 했다.

"어, 음. ㅇㅇㅇ음……."

"그냥 말해도 돼. 영어 알아들으니까."

"어, 그래요?"

금발 여성, 밀리아가 씩 웃었다.

"반가워, 늙은 양반. 보아하니 당신은 적시운 님의 조력자 겠지?"

"일단은 그렇다고 해야겠군."

짤막히 대꾸한 김무원이 적시운을 돌아봤다.

"자세한 통성명은 일단 빠져나간 후에 하세나. 일단은 이쪽으로……."

"안 갑니다."

걸음을 옮기려던 김무원이 고개를 홱 돌렸다.

"안 간다니?"

"비밀 통로로 안 갈 겁니다."

"다른 탈출 루트라도 마련해 두었다는 건가?"

"예."

적시운은 창밖을 가리켰다.

"저쪽으로 걸어 나갈 겁니다."

"……매복 중인 동료들이라도 있나?"

"아뇨."

"대량의 화약이라도 심어두었나? 그게 아니면 원거리 폭격이라도 준비해 뒀나?"

"전혀 아닙니다."

"그럼 자수라도 하겠단 말인가?"

"제가 그런 걸 할 놈으로 보입니까?"

"하면 대체 뭘 어쩔 생각인가?"

적시운은 대답 대신 일행을 돌아봤다.

"밀리아와 아티샤는 나와 함께 간다. 두 사람은 후방에서 엄호하도록 해."

"저들과 싸울 생각인가!"

김무원의 목소리가 쩌렁쩌렁 울렸다.

눈살을 찌푸린 밀리아가 투덜거렸다.

"노인네 목청 한번 쩌렁쩌렁하네."

"지금 제정신인가? 대한민국 특무부에 수도 수비대까지 몰려들었는데, 그들을 상대로 싸움을 걸겠다는 건가?"

"연습 상대로는 제격 아니겠습니까?"

담담히 대꾸하는 적시운. 김무원은 망치로 한 대 얻어맞은 표정이 되었다.

"연습 상대라고?"

"대한민국 정부가 자랑스럽게 내세우는 이능력자에 최정예 일반 병력. 무리 없이 상대할 수 있다면 한반도 내에서 두려워할 적은 없다는 소리겠죠. 최소한 인간 중에서는."

"자네 지금……."

"게다가 여기를 떠나기 전에 해야 할 일이 있습니다. 그러려면 정면으로 뚫고 나갈 수밖에 없어요."

태천 그룹!

김무원의 뇌리를 때리고 지나가는 단어였다. 그러고 보니 조금 전 태천 그룹 얘기를 꺼냈을 때부터 적시운의 태도가 심상찮았다.

'그렇다고는 하지만……'

고작 5명.

이 숫자로 대한민국의 정예 병력을 뚫고 나간다는 게 말이나 되는 소리인가?

더욱 이상한 것은 이들의 태도였다. 자살행위나 다름없는 적시운의 지시를 듣고도 긴장한 기색이 전혀 없었다.

"전투와 관련해서 한 가지만 확인하겠다."

그렉이 입을 열었다. 아마도 다시 생각해 보자는 식의 말을 꺼낼 터. 그나마 상식 있는 사람이 있구나 싶어 김무원은 안도했다.

"저들을 사살해도 상관없겠나?"

"……."

김무원이 할 말을 잃은 가운데 적시운이 말했다.

"되도록 죽이진 마. 그저 명령에 따르는 병정들일 뿐이니. 목숨의 위협을 받는다면 또 모르겠지만."

"이해했다."

"좋아. 그럼 가자."

"네엣!"

밀리아가 신이 나서 대검을 뽑아 들었다. 아티샤 또한 방수포로 칭칭 동여매어 두었던 총기를 꺼내 들었다.

M611 미니 발칸포.

본디 사용하던 미니건의 절반 정도로 소형화된 총기였다. 그렇다 해도 한 손에 하나씩 들고 다닐 만한 물건은 아니었지만.

"웬만하면 여기서 얌전히 기다리십시오. 괜히 돕겠다고 나섰다가 짐만 되시지 말고요."

"……"

"나머지는 이따가 얘기하죠."

적시운은 저택 밖으로 나섰다. 김무원은 그제야 적시운의 등허리에 검 한 자루가 걸려 있다는 걸 깨달았다.

"검이라고……?"

수수한 형태의 칼집과 손잡이였다. 검에 대해 아는 바가 없는 김무원이었으나 그게 동양식 검이라는 것쯤은 알 것 같았다.

"적시운이 검을 쓴다고?"

무척이나 이질적인 느낌. 그러고 보면 그가 마주한 적시운은 10년 전과 너무나도 다른 느낌이었다. 같은 것은 외형뿐.

그 안쪽엔 마치 다른 인간이 들어가 있는 것만 같았다.

"자네들은 정말 괜찮은 건가? 적시운을 말리지 않아도 되 겠나?"

"그가 걱정되시나 보군요."

총기를 점검하며 헨리에타가 대꾸했다. 김무원이 돌아보 자 그녀가 말을 이었다.

"헨리에타 테일러예요. 일단은 데몬 오더 소속이죠."

"데몬 오더?"

"적시운이 창설한 길드예요. 그리 역사가 길지는 않지만."

"자네들, 마수 사냥꾼이로군."

"그래요."

"저 녀석은 대체 10년 동안 무슨 일을 겪은 거지?"

"그것까진 모르겠어요. 저희가 그와 알게 된 지도 반년을 조금 넘겼을 뿐이니까요."

"고작…… 반년이라고?"

"그래도 한 가지는 확실히 말씀드리죠. 그와 우리가 뚫고 나온 수라장에 비하면."

열린 창가에 총신을 얹은 헨리에타가 말했다.

"이 정도는 애들 장난이라고요."

적시운과 밀리아, 아티샤는 사택의 뒤쪽 담장을 훌쩍 넘었다. 그대로 건물들을 가림막 삼아 수비대의 시야 바깥으로 빙 돌았다. 수비대 측에서 인원 통제라도 한 듯, 두 블록을 지나는 동안 민간인 하나 발견하지 못했다.

이는 적시운으로서도 잘된 일이었다. 괜히 찝찝해질 여지가 사라졌기 때문이다.

수비대 및 요원 측의 반응은 없었다. 아직 적시운 측이 움직였다는 걸 캐치하지 못한 모양. 제대로 포위망을 갖추지 못한 채 사택 정면 측에만 병력을 배치했다는 반증이었다.

사거리에 다다랐을 때 적시운이 지시를 내렸다.

"나는 정면으로 치고 들어갈 거다. 너희는 저 건물을 끼고서 후방으로 돌도록 해. 두 블록 뒤의 건물 옥상에 저격수가 배치되어 있을 거다."

"네!"

두 사람과 떨어진 적시운은 속도를 올렸다. 그동안은 두 사람의 경공에 맞춰주느라 제 속도를 내지 못하고 있었다.

파앙!

공기를 찢어발기는 파공음. 적시운의 신형이 섬전처럼 치고 나갔다.

목표는 정면의 요원들. 5명이 1개 조를 이루고 있었다.

나름대로 고심을 한 구성이었지만, 적시운은 조금도 개의치 않았다.

팟!

사각으로 파고들 것도 없었다. 정면으로 치고 들어간 적시운이 맨 앞의 거구를 향해 권격을 떨쳤다.

뻐억!

"크허억!"

적시운보다 머리 하나는 더 큰 사내. 육체 강화 능력자로 추정되었기에 권격에도 손속을 두지 않았다.

"꺼……!"

바들거리던 사내의 눈이 뒤집혔다. 사내가 게거품을 쏟으며 쓰러지는 동안 적시운은 다음 행동에 착수했다.

8

거구의 머리가 땅에 닿을 때까지의 짧은 순간, 적시운은 곧장 염동력을 발휘했다.

우우웅!

기운을 강하게 펼칠 것도 없었다. 경동맥을 가볍게 압박하기만 하면 그만.

그것만으로도 숨통이 조이는 경험을 선사하기엔 충분했다.

"큭!"

요원들의 두 눈이 휘둥그레졌다. 무슨 일이 벌어졌는지도 제대로 파악하지 못한 얼굴들. 갑작스레 숨 쉬는 법을 잊어버린 느낌일 터였다.

그래도 고도의 훈련을 받은 요원들답게 황급히 아티팩트를 사용했다.

파츠츠츠!

이능력 무효화 아티팩트였다. 큐브 형태의 장치가 빛을 발하자 주변에 흐르던 이능력의 파장이 약해졌다. 순간적으로 적시운의 염동력이 상쇄됐다. 가까스로 압박을 벗어난 요원들이 두 손으로 땅을 짚은 채 헐떡였다.

"흠."

적시운은 딱히 아쉬움을 느끼지 않았다. 이 정도쯤이야 예상했던 일이기에.

"크윽!"

적시운이 저벅저벅 다가가자 엎드려 있던 요원이 나이프를 꺼내어 휘둘렀다. 제법 빠르고 날카로운 움직임.

그러나 상대가 좋지 않았다.

휙.

스치고 지나가는 한 줄기 바람.

요원의 손이 텅 비었다. 조금 전까지만 해도 쥐어져 있던 발리송 나이프는 적시운의 손아귀로 넘어간 뒤였다.

"쳇!"

또 다른 요원이 권총을 갈겼다. 탕 하는 소리와 함께 불꽃이 튀었다. 나이프에 의해 갈라진 탄환이 두 줄기의 먼지를 일으켰다.

"……!"

경악하는 요원들.

적시운은 경직된 틈을 놓치지 않고 그들 사이로 쇄도했다. 네 번의 출수 뒤로 네 요원이 풀썩 고꾸라졌다.

간단한 점혈. 한 치의 오차도 없이 넷 모두의 마혈을 짚었다. 최소한 일주일간은 꿈쩍도 하지 못하게끔.

적시운은 반쯤 휘어진 발리송 나이프를 내던졌다. 탄환 한 번 잘랐다고 날이 휘어진 걸 보면 그리 좋은 품질은 아닌 듯했다.

'다음은…….'

일단 기감을 확장해 정황을 살폈다.

주변의 움직임이 수선스러워졌다. 총성까지 울렸으니 그럴 만도 했다.

적시운은 뻗어 있는 요원들의 몸을 뒤졌다. 보청기형 통신기를 찾아 귀에 꽂으니 당황한 음성이 중구난방으로 들려왔다.

　―충성이 울린 위치를 파악하라! 임무 수행 중인 조장들은 현 상황을 보고하도록!

　앙칼진 여성의 음성.

　제법 익숙한 목소리였다.

　―그와 김무원 전임 부장을 빠져나가게 해선 안 돼! 절대 방심하지 말고 타깃을 발견하면 보고부터 올리도록 해.

　적시운은 발신용 마이크에 입을 가져갔다.

　"그렇게 호들갑 떨 필요 없어. 빠져나갈 생각 같은 건 없으니까."

　―……!

　경악과 떨림이 스피커를 타고 전해지는 듯했다.

　―선배님이신가요?

　"그래, 금방 다시 보는군."

　―델타조를 쓰러뜨리시고 통신기를 빼앗으셨군요.

　"응."

　―사살하셨나요?

　"그랬으면 좋겠나?"

　―…….

　"걱정 마. 죽이진 않았으니."

　안도의 한숨이 희미하게 들려왔다.

차수정이 말을 이었다.

―선배님이시라면 현 상황의 심각성을 알고 계실 거라 믿어요. 이번엔 아까 전처럼 빠져나가실 수 없을 거예요.

"그래서?"

―투항하세요. 제 능력이 허락하는 한도 내에서 최대한 선배님의 편의를 봐드리겠어요.

"수석 요원께서 편의를 봐주시다니, 퍽이나 만족스럽겠군."

―선배님.

"나는 이 상황의 심각성을 충분히 알고 있어. 모르는 건 오히려 네 쪽이 아닐까 싶은데."

―혼자서 이 인원 전부를 상대할 수 있으리라 보세요?

"혼자가 아냐."

적시운은 딱 잘라서 말했다.

"사실 혼자여도 딱히 상관없고."

―네?

―습격입니다!

제3의 목소리가 끼어들었다.

―드림원 빌딩의 저격 부대에…… 크악!

신경질적인 노이즈 사이로 비명과 폭발음이 들려왔다. 적시운이 고개를 드니 먼 방향의 10층 빌딩 옥상에서 폭염이 치솟고 있었다.

이윽고 통신기를 통해 음성이 들려왔다. 앞서 보고하던 남성과는 다른, 쾌활한 여성의 목소리였다.

－여기 다 정리했어요, 시운 님!

－무, 무슨……?

차수정의 음성엔 당황한 기색이 역력했다. 그러거나 말거나 밀리아는 특유의 들뜬 어조로 말을 이어갈 따름이었다.

－애들, 죽이지는 않았어요. 몇 군데 부러뜨리긴 했는데 어쨌든 죽지는 않을 거예요.

"그래, 알겠어."

－이젠 어떻게 할까요?

적시운은 기감을 펼쳐 방향과 거리를 가늠했다.

"그쪽에서 북으로 200m쯤 떨어진 위치에 기간틱 아머들이 스텔스 상태로 대기 중일 거야."

－어떻게!

차수정이 경악성을 토했다. 적시운은 담담한 어조로 말을 이었다.

"폭약과 탄환을 있는 대로 쏟아부어."

－새매 부대! 지금 당장 그 자리를 벗어나!

콰콰콰콰광……!

제법 떨어진 방향에서 연쇄 폭발이 일어났다. 밀리아와 아티샤의 성격을 보건대 유탄과 폭약을 꾸러미째로 던져 대고 있을 터였다.

[저 처자한테 들리게끔 말할 필요는 없지 않았나?]

천마의 질문.

적시운은 시우보를 펼쳐 현 위치를 벗어났다.

"한국군의 아머라면 저 정도 화력에 치명타는 입지 않아. 그렇다면 지휘 체계에라도 혼란을 주는 편이 낫지."

[흐음.]

"저 녀석은 내가 어떻게 아머의 위치를 알아냈는지 몰라. 특수 코팅에 스텔스 기능까지 달려 있어서, 이능력이나 전자 장비로는 감지할 수 없거든."

[하지만 자네의 기감을 벗어나진 못했다는 거군.]

"그래, 저쪽은 그걸 몰라. 그러니 의심하겠지. 배신자의 존재라거나, 뭐 그런 것들을."

[큰 효과가 있겠나?]

"거의 없을지도. 하지만 완전히 0이라고 볼 수는 없을 테니까."

[흠, 토끼를 잡는 데에도 최선을 다한다는 거구먼.]

적시운은 피식 웃었다. 과연 차수정을, 그리고 저들을 토끼 정도로 치부할 수 있을지 의문이었다.

"뭐…… 순례자에 비한다면 그럴지도?"

탓.

3층 높이의 건물을 훌쩍 뛰어넘자 병력이 나타났다. 일반 병사 백여 명에 요원 20명. 그 외에도 기간틱 아머가 10기 존재했다.

적시운도 잘 알고 있는 기종이었다.

'Kw-28이던가?'

Kw-28 모델, 달리 불리는 이름은 비룡. 한국군이 독자적으로 개발한 수륙양용 기간틱 아머였다.

방산 비리의 결과물이라는 오명을 뒤집어쓴 물건이지만 그 성능 자체는 상당히 준수한 편이었다.

'비싸서 문제지.'

개발비와 생산비, 유지비의 상당수가 윗대가리들 주머니로 제법 들어갔을 것이다. 그것을 생각하니 약간이지만 부아가 치밀었다.

적시운은 그 한복판으로 떨어져 내려서는 곧장 염동력을 발했다.

우우웅!

경동맥을 압박하는 염동력.

무형의 파장이 쓸고 지나가자 병사들이 모조리 허물어졌다. 애초에 일반 병사가 막아낼 만한 기운이 결코 아니었다.

"크윽!"

"놈이다!"

당황한 요원들이 이능력을 발산했다. 그러나 이미 늦은 뒤. 적시운이 선제공격만으로 병사 100명을 쓰러뜨린 직후였다.

"쳇!"

그렇다고 멍하니 있을 순 없었다. 요원들이 이능력의 파장을 하나로 그러모았다. 공격보다는 철저히 방어 형태로 발산되는 힘. 훈련을 통해 각자의 이능력을 일체시키고 결계로써 구체화하는 능력이었다.

이를 활용하면 보다 낮은 랭크의 여럿이 고랭크의 소수를 맞상대할 수 있다. 비록 방어에만 치중할 수밖에 없다지만 말이다.

여하간 결계를 통해 적시운의 염동력을 견제하고 일반 병기 및 기간틱 아머로 맞상대하겠다는 계산 같았다.

'그렇다면……'

적시운은 저들이 바라는 대로 염동력을 방출했다. 요원들은 한데 힘을 모아 적시운의 힘을 견제했다.

콰지지직!

천 갈래, 만 갈래로 갈라지는 바닥.

이능력 간의 충돌로 인한 이능력의 회오리가 몰아쳤다. 쌍방의 힘이 그 안에서 상쇄되었다.

"지금!"

드르르륵!

Kw-28, 비룡들이 미니건과 유탄을 난사했다. 연쇄 폭발의 불길이 적시운을 집어삼켰다. 흙먼지와 초연이 사위를 감쌌다.

쿠구구구.

차츰 사라져 가는 이능력의 회오리. 특무요원 및 아머 라이더들이 숨을 죽였다.

"……죽었나?"

"아니."

쿵!

화약 연기를 뚫고 나온 적시운이 진각을 밟았다. 앞선 것보다도 거대한 균열이 바닥에 생겨났다.

천랑권 제2식, 낭혼격권.

막대한 내공이 담긴 권압은 돌풍이 되어 비룡들에게로 몰아쳤다.

식겁한 요원들이 이능력 결계를 펼쳤으나, 낭혼격권의 권풍은 이를 비웃듯이 뚫고 지나쳤다.

"이, 이런 말도 안 되는!"

"피해라!"

요원들이 헐레벌떡 몸을 날렸다. 기간틱 아머들이 그들과 병사들을 보호하기 위해 앞으로 나섰다.

카가가가각!

몰아치는 권풍에 장갑이 뜯겨 나갔다. 뜯긴 장갑 내부의 기계 관절과 부품들이 모조리 뽑혀 나와 흩날렸다.

항거할 수 없는 힘.

비룡들은 하나같이 걸레짝이 되어서는 널브러졌다. 기간틱 아머조차도 무사하질 못했다.

한 기의 아머를 해치우는 데에도 애를 먹었던 예전과는 비교도 안 되는 위력. 적시운은 새삼 자신의 성장을 실감했다.

그 와중에도 마음을 놓지는 않았다. 곳곳에 엎어진 채 신음하고 있는 요원들에게 다가가 그들 모두를 일일이 점혈했다.

"히이이익!"

"크으으……."

바람 빠지는 소리와 함께 축 늘어지는 요원들. 적시운은 두어 차례 적들의 상태를 확인한 후, 곧장 자리를 옮겼다. 그리고 이후 30분 동안 같은 방식으로 2개의 무리를 더 무력화시켰다.

"마, 말도 안 돼."

차수정은 완전히 쓸모가 없어진 통신기를 귀에서 떼었다.

더 이상은 그녀에게 보고를 할 사람이 남아 있지 않았던 것이다.

"당신은 괴물인가요?"

"어쩌면."

목소리는 등 뒤에서 들려왔다. 굳이 돌아보지 않아도 그게 누구인지는 알 수 있었다.

"A랭크 이능력자라고 해도 우리들 모두를 상대할 순 없어요. 우린 대(對)이능력자전을 대비해 만반의 준비를 갖추고 왔어요. 시뮬레이션을 통한 훈련도 수차례 마쳤고요."

"그래서?"

"저 또한 A랭크 이능력자예요. 그런 저도 이 병력을 상대로 10분도 버티지 못했어요. 도망 다니는 데에만 집중했는데도요!"

"그래서?"

차수정이 홱 몸을 돌렸다. 그녀의 손아귀에서 은백색의 빛이 번뜩였다.

좌아아악!

순식간에 얼어붙는 주변.

빙한술사 특유의 능력, 순간 결빙이었다.

적시운은 염동력으로 배리어를 쳤다. 적시운의 주변을 제외한 공간이 새하얗게 얼어붙었다.

카가가각.

얼음 막이 생겨났다. 배리어의 겉면마저 얼어붙어 버린 것이다. 그래도 둘의 힘이 팽팽한 까닭에 그 이상의 변화가 벌어지진 않았다.

이쪽도 저쪽을 얼리지는 못하지만, 저쪽도 방어하는 것이 최선.

둘의 힘이 비등하거나 약소하게나마 차수정이 우위라는 의미였다.

"역시 선배님도 A랭크의 영역에 다다르셨군요. 10년 동안 무수한 일을 겪으셨다는 게 느껴져요."

"딱히⋯⋯."

"하지만 그 정도로는 부족해요. 동료들의 도움이 있었다고 해도, 이것만으로 우리 병력을 깨뜨렸을 리는 없다고요!"

"네 말이 맞아."

쩌적. 쩌저적.

적시운을 감싼 얼음 막에 금이 갔다.

그 균열 안쪽으로부터 이글거리는 기운이 흘러나왔다.

"⋯⋯!"

순식간에 녹아내리는 주변. 차수정은 체감했다. 지금 이 힘은 이능력이 아니라는 것을.

"대체⋯⋯?"

콰광!

배리어를 부수고 나온 기운이 차수정에게로 몰아쳤다. 차수정은 황급히 물러나는 한편, 5미터 두께의 얼음벽을 세워 정면을 막았다.

서걱!

얼음벽이 너무나 간단히 양단됐다. 그 너머로 흑색의 불꽃이 이글거렸다.

9

손아귀에 들려 있는 것은 한 자루의 장검. 조선시대를 배경으로 한 사극에서나 볼 법한 시대착오적인 무기였다.

그 검신 위로 이글이글 타오르는 것은 검은색의 불꽃. 치솟은 아지랑이가 적시운의 양어깨에서 어지럽게 일렁였다. 마치 악마의 날개라도 되는 듯이.

차수정은 입술을 깨물었다.

'저건 이능력이 아냐. 아티팩트나 다른 뭔가의 힘을 빌린 눈속임에 불과해!'

수차례 머릿속으로 되뇌는 그녀. 칼날 위로 타오르는 검은 기운에서는 그 어떤 것도 느낄 수가 없었다.

'지지 않아. 이길 수 있어, 차수정!'

그녀는 버텨야만 했다. 임무를 받은 이상 무슨 수를 써서라도 완수해야만 했다.

"계속 싸우려고?"

적시운이 물었다.

"물론!"

앙칼지게 소리친 차수정이 힘을 끌어올렸다. 그녀의 눈썹과 머리칼 위로 새하얀 서리가 얹혔다. 잠시 주춤했던 냉기가 조금 전보다도 맹렬한 기세로 몰아쳤다.

적시운은 눈살을 살짝 찌푸렸다.

"왜 무의미한 고집을 부리지? 이미 너희 편 전원이 전투 불능 상태라는 건 알고 있을 텐데."

그랬다. 적시운의 말마따나 이 구역에 결집한 병력은 사실상 전멸했다. 죽임을 당하진 않은 것 같지만 전투 능력을 상실했으니 전멸이라 봐도 틀리진 않을 터.

오히려 죽이지 않고 살려뒀다는 게 더 경악스러웠다. 죽이는 것보다도 살린 채 제압하는 게 배 이상 어려운 일이니까.

말 그대로 완패.

하지만 그것을 인정한다면 그녀의 가치는 그 순간 끝장이었다.

"그래도 아직 내가 남아 있어요."

"별 의미는 없지."

차갑게 대꾸하는 적시운.

다른 사람이 저런 말을 했다면 코웃음을 쳤을 것이다. 하지만 차수정은 도저히 그럴 수가 없었다. 허세로 들려야 정상일 법한 말이 전혀 그렇게 들리지 않았으니까.

"설령 그렇다고 해도 난 싸워야 해요. 승산이 희박하더라도."

"굳이 무의미한 짓을 하겠다는 거군. 원래 성격이 그런 건가?"

무신경한 적시운의 말에 차수정은 울컥했다.

"목숨 바쳐 지켜야 할 사람이 있다는 것이 무슨 의미인지 알기는 하세요?"

적시운은 대답하지 않고서 그녀를 응시했다. 약간은 누그러진 눈빛으로.

"누구보다도 잘 알고 있지."

"그렇다면 내가 왜 물러설 수 없는지도 아시겠군요."

"아까 전에는 물러났었잖아?"

"그땐 뒤가 있었으니까요. 선배를 전임 부장의 집으로 몰아넣는다는 선택지가 있었고, 무엇보다 본격적인 임무가 하달되지 않았으니까요."

"지금은 다르다는 건가?"

"그래요. 임무가 발령되었고, 내가 그 총책임자예요. 임무 실패는 곧 나의 실패를 뜻하죠."

"임무 실패는 누구나 경험하는 일이잖아. 기껏해야 근신 처분이고 가장 심하다고 해도 경질이 고작인데."

"월급이 달라지고 대우가 달라지죠. 그 몇 푼의 돈 때문에 누군가의 운명이 바뀌게 될 거예요."

차수정의 얼굴이 일그러졌다.

"정적이 많은 경우라면 더더욱 그렇고요."

"김무원 부장처럼 축출당할 거란 말이야?"

"그게 돈 없고 백 없는 사람의 평범한 말로잖아요? 이상할 게 있나요?"

"A급 이능력자라면 그리 쉽게 축출당하진 않을 텐데?"

"10년 전과는 많은 게 달라졌어요, 선배님. 과학 기술의 발전으로 이능력 억제 대책이 다양화되고 강력해졌죠. 여전히 이능력자는 고급 인력이지만 예전처럼 귀중하게 여겨지진 않아요."

"그렇군. 설명 고마워."

시큰둥하게 대꾸한 적시운이 표정을 굳혔다.

"그렇다고 일부러 잡혀주거나 할 생각은 없으니 꿈 깨."

"……."

"네 상황이 제법 간절하다는 건 알겠지만 세상에 사연 없는 무덤은 없는 법이거든. 미안하지만 불쌍하다고 져 주거나 할 생각은 없어."

"그런 건 바라지도 않았어요!"

휘이이잉!

몰아치는 눈보라가 한층 강해졌다. 바닥 타일이 돌풍에 뜯겨져선 빙글거리며 치솟았다.

"밀입국 및 폭행, 감금, 상해, 그리고 국가에 대한 반역!"

용암마저 얼려 버릴 것 같은 얼음 폭풍. 차수정은 그 회오리의 한가운데에서 소리쳤다.

"이상의 죄를 물어, 대한민국 특무부 소속 요원으로서 당신을 제압하겠습니다!"

"다른 건 그렇다 치고 감금은 뭔데?"

대답 대신 얼음창이 날아들었다. 드라이아이스나 다름없는 온도.

적시운은 얼음을 주먹으로 쳐 내고는 전진했다.

"안 봐줘도 되겠네."

"쓰러져!"

몰아치는 한파가 적시운에게로 집중됐다. 적시운은 용신퇴를 밟아 경력을 끌어올렸다.

백색 폭풍이 두 사람을 집어삼켰다.

"뭐가 좀 보여?"

10층 건물의 옥상.

밀리아와 아티샤는 세 블록 거리에서 몰아치는 얼음 폭풍을 관찰하고 있었다. 걱정보다는 호기심에 가득한 얼굴들. 두 사람 모두 딱히 적시운을 걱정하고 있진 않았다.

"저 계집애, 제법 강하기는 하지만 결국 매카시 레벨이잖아?"

"그렇죠, 역시?"

밀리아가 돌연 피식 웃었다.

"예전이었다면 이런 말은 상상도 못 했을 거야. '결국 매카시 레벨'이라니."

"그건 그렇네요. 사실 지금 실력으로도 우리가 그를 이기긴 힘들 테지만요."

"맥 빠지네. 이번 전투도 우리가 한 일은 양념을 친 정도잖아."

"그렇기는 해도……."

아티샤는 고개를 돌렸다. 신서울 수비대 소속 저격수들이 기둥에 한데 묶여 있었다.

"최소한 조금이나마 부담을 덜어주기는 했을 거예요."

"정말 그럴까?"

"그렇다고 생각해야죠. 게다가 시운 님 성격에 비합리적인 선택을 했을 리도 없잖아요? 도움이 됐으니 써먹은 거겠죠."

"그건…… 그렇네."

어깨를 으쓱인 밀리아가 통신기를 켰다.

"그쪽은 좀 어때, 헨리에타?"

"나쁘지 않아. 다친 사람도 없고."

짤막히 대구하는 헨리에타의 발아래로 무장한 군인들이 널브러져 있었다. 신서울 수비대의 일반 병력이었다.

전투가 발발하자마자 수비대의 일부가 김무원의 사택에 무단 진입을 시도했다. 아이러니하게도 김무원이 탈출로로 생각했던 지하도를 통해서.

그의 탈출 계획이 처음부터 정부 측에 알려져 있었다는 뜻. 그대로 탈출했다면 수비대와 마주쳐야 했을 것이다.

하지만 적시운은 정면돌파를 택했고, 결과적으로 수비대 측의 허를 찌른 셈이 되었다.

결국 초조해진 수비대 측이 일부 병력을 차출, 사택으로의 진입을 시도한 것이었다.

헨리에타와 그렉은 지하도로 침입한 수비대와 격돌했다. 그리고 대략 30분간의 전투를 거쳐 그들을 제압하는 데 성공했다.

"자네들…… 강하군."

침음을 흘리는 김무원. 헨리에타와 그렉은 그 와중에도 침착하게 총기를 점검하고 있었다.

병사들을 죽이진 않았다. 총기 사용은 최소화하고서 되도록 육박전을 펼쳤고, 피치 못하게 총기를 쓰더라도 급소는 피했다.

상당한 핸디캡을 달고서 싸운 것인데, 그래도 병사들을 제압하는 데엔 무리가 없었다.

"이능력자나 기간틱 아머라도 끼어 있었으면 위험했을 거예요. 아직 그 정도를 상대할 수준은 아니라서."

"지금 정도만으로도 충분히 강한 듯하네만."

"그렇게 보일 수도 있겠군요."

미묘하기 짝이 없는 대답.

김무원이 무거운 침음을 흘렸다. 이 정도 전력의 동료들과 함께라면 정말 수비대 병력을 돌파할 수 있을지도 모른다. 적시운이 보이던 자신감의 이유를 알 것 같았다.

"이제는 어떻게 할 생각인가?"

"적시운이 돌아오길 기다려야죠."

"도우러 가지 않고 말인가?"

물끄러미 김무원을 바라보던 헨리에타가 통신기에 입을 가져갔다.

"그쪽은 어때, 밀리아? 우리 도움이 필요하겠어?"

—응? 아니, 딱히 필요 없어. 구경하러 올 거라면 말리지는 않겠지만.

밀리아의 대답에 김무원은 순간 멍해졌다.

그 많던 병력이 설마 물러나기라도 했단 말인가?

그의 표정을 본 헨리에타가 그제야 알았다는 얼굴을 했다.

"거의 다 해치운 것 맞지?"

—아니, 거의가 아니라 전부야.

김무원의 입이 쩍 벌어졌다. 이쪽으로 두 자릿수의 병력을 보냈다면 바깥의 병력은 그 몇 배에 이를 터였다.

'한데……!'

고작 30분 남짓한 시간 동안 그 병력을 모두 처리했단 말인가?

'그것도 고작 세 명이서?'

김무원으로선 도저히 믿기가 어려운 일이었다. 예전의 적시운을 기억하기에 더더욱.

헨리에타는 질문을 이어가고 있었다.

"추가 병력의 투입 같은 건 없어, 밀리아?"

—없는 것 같은데? 그나저나 저 눈보라 마녀가 제법 오래 버티네.

"눈보라 마녀?"

―청사 앞에서 시운 님이랑 얘기했던 애 있잖아. 그때는 살갑게 굴더니 지금은 아주 미쳐 날뛰는데?

둘의 대화를 듣던 김무원이 정색했다.

"설마 차수정 얘기인가?"

―어? 이름은 잘 모르겠는데.

"그녀는 A랭크 빙한술사일세!"

―응, 그쯤 되는 것 같긴 하더라.

시큰둥한 반응에 김무원은 순간 말문이 막혔다.

"셋이서 상대하고 있는 건가?"

―아니? 괜히 방해하려 들었다간 시운 님이 화내실 거거든.

"방해라고?

쿠궁!

통신기를 통해 굉음이 들려왔다. 김무원은 긴장한 채로 그 너머에서 들려올 소리에 집중했다.

―청소 끝났어. 다들 이쪽으로 와.

적시운의 목소리.

김무원은 마른침을 꿀꺽 삼켰다.

"차수정을…… 쓰러뜨렸나?"

되돌아오는 적시운의 음성은 담담했다.

―예.

온통 얼어붙어 있는 도로. 그 위에 혼절한 채 널브러져 있는 차수정.

그 모습을 보고 나서야 김무원은 모든 게 현실임을 이해했다.

"자네, 도대체……."

"뭡니까?"

"도대체 10년 동안 무슨 일을 겪은 건가?"

"그렇게 물으면 여러 가지라고밖에 대답하지 못하겠는데요. 악연을 만나고 마수들을 사냥하고 인간들과 반목하고……."

[설마 그 악연이란 게 본좌 얘기는 아닐 테지?]

"대강 그렇게 살았습니다."

천마가 불편한 침음을 뱉었다. 적시운은 피식 웃었고, 김무원은 등허리에 희미하게 소름이 돋는 걸 느꼈다.

"자네가 웃는 걸 보고 이런 감정이 들 거라고는 꿈에도 생각지 못했는데."

"인생은 원래 놀라움의 연속이죠."

적시운이 걸음을 뗐다. 게이트로 향하는 것 같지는 않았다.

"설마 자네, 정말로 태천 그룹을……?"

"경고만 할 겁니다."

짤막히 대꾸한 적시운이 신형을 쏘았다. 삽시간에 시야에서 멀어지는 적시운을 보며 김무원은 멀미를 느꼈다.

태천 그룹의 본사.

50층에 달하는 거대 빌딩의 최상층 테러를 당했다.

벽면을 꿰뚫은 풍차. 그 풍차는 건물 앞 광장에 놓인 장식물이었다. 그것이 무려 150m 높이의 빌딩 벽에 처박힌 것이다.

범인은 밝혀지지 않았다. 곳곳에 설치된 CCTV들은 무용지물. 그 외의 감시 장비 또한 사정은 다르지 않았다. 첨단 장비들이 범인의 옷자락조차 잡아내지 못한 것이다.

게다가 무엇보다도 신 종로에서 발생한 테러로 인해 인원이 턱없이 모자랐다.

지하 도시 전역이 불안과 공포에 휩싸였다. 수많은 풍문과 목격담이 곳곳에서 흘러나왔다. 솟구치는 폭염 속에서 검은 악마가 뛰쳐나왔다거나 하는 식의 허황된 얘기들.

자칭 전문가들의 근거 없는 주장들 또한 어지러이 난립했다. 마수들의 준동이라느니, 지하 도시 내부에 게이트가 열렸다느니 하는 유언비어가 퍼졌다. 정작 모든 일의 원흉은 유유히 지하 도시를 빠져나간 뒤였음에도.

10

달칵.

어두운 회의장 한가운데에 전등 하나가 켜졌다. 수직으로 떨어져 내리는 빛줄기는 차수정의 정수리에 닿고 있었다.

시커먼 바다 위에서 홀로 빛을 받고 있는 조각배 하나. 그녀는 철저히 고립되어 있었다.

"……."

어둠 너머엔 그들이 있었다.

이번 청문회의 주최자들. 먹잇감을 노리는 정치꾼들.

각 부서의 관련자들은 기본이고, 야욕 많은 국회의원도 끼어 있을 터였다.

상당히 고전적인 방식.

차수정은 저들을 볼 수 없다. 저들은 그녀의 일거수일투족을 볼 수 있다. 마치 발가벗겨진 듯한 기분에 차수정은 몸을 움츠렸다.

"청문회를 시작하겠소."

굵고 점잖은 음성이 들려왔다.

"성명과 나이, 소속과 지위를 말하게."

"차수정. 31세. 대한민국 특수 임무 담당부. 수석 요원입니다."

"사흘 전 김무원 일파의 테러 공작이 발발했네. 기억하나?"

그녀는 이틀 가까이 잠들어 있었다. 깨어나자마자 이런 식으로 청문회를 벌이는 걸 보면 윗분들의 심사가 꽤나 불편한 모양이었다.

"예, 기억합니다."

"자네가 지휘한 타격대가 완전히 제압당했다는 것도?"

"그렇습니다."

"태천 그룹의 본사가 테러당했다는 사실은 알고 있나?"

"그건…… 몰랐습니다."

기절해 있던 사이에 벌어진 일. 차수정이 모르는 것도 당연했다.

"자네가 알지 모르겠지만 자네를 제외한 병력의 대부분은 현재까지도 인사불성이네."

"……."

"결국 우리로선 상당 부분 자네의 기억력에 의존할 수밖에 없네. 그 점 양해해 주게나."

"예, 알겠습니다."

"테러 분자들의 병력 구성이 어땠는지 기억하나?"

시작부터 버거운 질문.

차수정이 꺼낼 대답은 하나뿐이었다. 그 대답의 여파가 결코 좋지 않으리란 것쯤은 잘 알고 있었다. 그래도 거짓말을 할 순 없었다.

"타격대와 직접적으로 접촉한 병력은 3인입니다."

좌중이 술렁였다. 어둠 속에서 갖가지 얼굴이 쑥덕거리는 것이 느껴졌다.

"그 대답엔 일말의 거짓도 없는가?"

"그렇습니다."

"어처구니가 없군!"

제3의 목소리가 끼어들었다. 앞서 대화를 주도하던 이와는 달리 신경질적인 음성이었다.

"100명이 넘는 병사와 23명의 사이킥, 20기의 기갑틱 아머가 투입됐네. 숫자만 봐도 중대 규모고 전력을 보자면 연대급 이상이야! 한데 고작 3명에게 깨졌다고? 그 말을 믿으란 말인가?"

"사실을 얘기했을 뿐입니다."

차수정은 목소리가 들려온 방향을 똑바로 응시하며 말했다. 그들의 표정은 잘 보이지 않았지만 경멸과 황당함이 섞여 있다는 것쯤은 알 것 같았다.

그래도 그녀는 담담히 시선들을 받아냈다. 임무에 실패했을지언정 비굴한 모습을 보이고 싶진 않았다. 특히나 저들에게는.

"아마도……."

원래의 점잖은 목소리가 주도권을 가져왔다.

"그 셋은 이능력자일 가능성이 매우 높겠군."

"그렇습니다."

"현재 입원 중인 심재윤 특무부장이 증언했네. 옛 특무부 소속이었던 적시운 요원이 복귀, 청사에 테러를 감행하고 특무부장을 감금 및 폭행했다고 말이야."

"……."

"그자와 직접적으로 조우했나?"

"그렇습니다."

"우리가 가진 기록이 맞다면 자네는 10년 전 그자와 함께 임무를 수행했었네. 그렇다면……."

"동일인이었느냐고 물으시려는 거라면 그렇다고 답변해 드리죠."

"기록상의 적시운은 더블 B랭크 염동술사인데, 자네가 조우한 적시운은 어땠지?"

"최소 A랭크 이상이었습니다."

잠시 주저하던 차수정이 덧붙였다.

"염동력 이외의 능력을 보유했고요."

"그건 무슨 뜻인가?"

"저도 자세히는 모르겠습니다. 다만 염동력과는 별개의, 어떠한 힘을 사용했다는 것만은 확실합니다."

"두 개의 이능력을 보유했다는 말인가?"

"그걸 이능력이라고 불러야 할지는 모르겠습니다. 다만……."

차수정은 힘겨운 한숨을 토했다. 그녀의 육체는 여전히 삐걱거리고 있었다. 적시운과의 전투에서 누적된 타격이 채 회복되지 않은 까닭이다.

사실 타격이라 할 만한 건 하나뿐이었다. 복부에 꽂힌 주먹. 그 일격에 차수정의 감각과 정신, 모든 게 끊어졌다.

염동력은 결코 아니었다. 적시운의 염동력은 그녀의 글래셜 스톰(Glacial Storm)을 상쇄시키는 데에 동원되고 있었으니까

그녀는 A랭크 이능력자. 그 정도도 분간 못 할 레벨은 결코 아니었다.

적시운은 염동력 이외의 힘으로 차수정의 얼음 방패를 가르고 들어와 복부에 권격을 가해 그녀를 쓰러뜨렸다.

'그 장검 위에서 이글거리던 힘은…….'

"더 얘기하기 힘들겠나?"

부드러운 음성의 질문. 곧장 날카로운 목소리가 뒤를 이었다.

"우리나라의 심장이 테러를 당했소! 저 계집의 몸 상태와 편의를 봐줄 만한 상황이 결코 아니오."

"저는 괜찮습니다."

차수정이 황급히 대답했다. 저들을 위해서라기보다는 쓸데없는 언쟁으로 시간을 낭비하고 싶지 않았기 때문이다.

점잖은 목소리가 다시 들려왔다.

"이번 전투의 결과가 상당히 충격적인지라 일각에선 자네의 지휘에 문제가 있었다는 의견도 나오고 있네. 그 점에 대해선 어떻게 생각하나?"

"변명하지 않겠습니다. 처분하시는 대로 따르겠습니다."

"수석 요원의 지위를 박탈하고 자네에게 주어지던 편의 일체가 중단될 수도 있네만?"

"……."

차수정은 입술을 깨물었다. 저들은 그녀의 모든 것을 조사했을 것이다. 그녀의 가족사에 관해서도, 그녀가 강등당하는 게 무엇을 의미하는지도.

저들의 손아귀에서 놀아나는 운명. 그러나 차수정으로선 이를 벗어날 방도가 조금도 없었다. 그저 저들이 뜻하는 대로 따를 뿐.

"김무원과 적시운을 포함한 테러 분자들은 신서울을 떠났네. 십중팔구 과천 특구로 향했을 테지."

"……."

"추격대가 이미 소집되어 있네. 내일 중으로 과천을 향해 떠나게 될 걸세. 이건 자네에게도 명예 회복의 기회가 아닐까 싶네만."

차수정은 목소리가 들려오는 방향을 응시했다. 과연 저들이 바라는 게 무엇일까 생각하며.

단순히 A랭크 이능력자를 바라는 것만은 아닐 거란 생각이 들었다.

"자네와 적시운이 나눈 대화 일체가 기록되었다네. 운 좋게도 블랙박스 중 하나가 손상되지 않았거든."

"……."

"그자는 자네에게 비교적 우호적인 태도를 보이더군. 그점을 파고든다면 상황을 쉽게 풀어 나갈 수 있을지도 모른다고 보네만."

"미인계라도 쓰라는 말씀입니까?"

"그래야 한다면."

점잖은 목소리가 단언했다.

"국가를 위해서라면, 2천만 국민을 위해서라면."

"……."

"그게 바로 공무원이고 애국자가 아니겠나? 안 그런가?"

차수정은 고개를 숙인 채 쓴웃음을 머금었다. 그녀에게 있어 소중한 것은 얼굴도 모르는 2천만 명이 아니라 단 한 사람이었다.

"자네 동생도 그것을 바랄 걸세."

회유를 가장한 협박. 쓸데없는 생각 따윈 품지 말라는 것처럼 들렸다.

차수정은 체념하는 심정으로 대답했다.

"최선을 다하겠습니다."

"근데…… 경고 메시지를 전달한 것치고는 조금 단순하지 않아?"

적시운이 고개를 돌렸다.

"뭐가?"

헨리에타가 어깨를 으쓱했다.

"그렇잖아. 결국은 커다란 풍차를 건물 옥상 쪽에다 집어 던진 것뿐이니."

"말 그대로 경고니까."

적시운의 어조는 차분했다.

"그러니까 단순해야지. 괜히 복잡하게 꼬아봤자 오해만 살 뿐이거든."

"흐음."

"언제든 너희를 손봐줄 수 있는 존재가 너희를 주시하고 있다. 그러니 처신 잘해라. 그런 메시지를 전달할 수 있으면 족해."

"근데 제대로 전달되었을까?"

"글쎄……."

말끝을 흐린 적시운이 고개를 돌렸다. 뒤따라오던 김무원이 눈을 마주치고는 움찔했다.

"그 경고는 부장님에게도 해당된다는 것, 알고 계시리라 믿습니다."

김무원은 쓴웃음을 지었다.

"여전히 내 말의 진위를 의심하고 있나 보군."

"예, 가능성이 0이 아닌 이상은 계속 의심할 겁니다."

"그러고 보면 자네는 옛날부터 그런 성격이었지. 끊임없이 의심하고 확인해야만 직성이 풀리는 성격이었어."

[무척이나 피곤한 성격이지.]

'시끄러워.'

천마에게 쏘아붙인 적시운이 정면을 바라봤다.

"그나저나……."

능선을 타고 올라온 바람이 적시운의 머리를 훑고 지나갔다.

"저곳입니까?"

"그렇다네."

김무원이 적시운의 옆에 나란히 섰다.

"저곳이 바로 과천 지상 특구일세."

쭉 뻗어 있는 능선 아래로 빌딩의 성채가 존재했다. 폐지를 묶어놓은 것처럼 다닥다닥 붙어 있는 건물들. 한창 건설 중임을 증명하듯 타워 크레인이 곳곳에서 고개를 쳐들고 있었다.

과천 지상 특구는 폐허 위에 툭 튀어나온 모양새였다. 죽은 나무 위로 버섯이 피어난 것처럼.

"그런데 이건 신도시라기보다는……."

헨리에타의 말을 김무원이 받았다.

"요새처럼 보이지. 안 그런가?"

"그렇네요. 꼭 벽 대신 건물을 두른 시타델을 보는 것 같아요."

"시타델?"

"에메랄드 시타델. 우리가 떠나온 도시죠."

"보아하니 우리나라에 있는 도시는 아닌 듯하군. 그러고 보면 자네들에 대해 거의 알지 못하는군. 괜찮다면 설명 좀 해줄 수 있겠나?"

"설명은 나중에."

적시운이 딱 잘라 말했다.

"먼저 안내부터 하십시오."

"······그러지. 따라오게."

일행은 능선을 타고 내려갔다. 적시운은 김무원을 앞세운 채 말없이 걸음을 옮겼다.

마음 같아선 신서울 때와 마찬가지로 무작정 뚫고 들어가고 싶었지만 자제하기로 했다. 그곳에서야 거리낄 것이 없었지만, 이곳은 달랐기 때문이다.

"자네가 떠난 이후로 마수들의 준동이 잦아들었지. 내가 했던 말 기억하나?"

"우리가 성공한 줄 알았다고 했었죠."

"그랬지. 그 정도로 마수들의 숫자가 확 줄어들었네. 최소한 한반도 내에서는 말이야."

김무원은 짧게 한숨을 뱉었다.

"공공의 적이 사라져 버린 걸세. 그리고 인간은······."

"적이 없으면 만들어내야 속이 풀리는 동물이죠."

"정확하네. 바깥으로 향하던 칼날이 안쪽으로, 서로에게로 향하게 됐지. 정치꾼들이 득세하게 된 거야."

"대통령은 가만히 있었습니까?"

"사망했네. 자네가 떠난 후 3년 뒤에. 공식적인 사인은 심장마비였지."

비공식적인, 혹은 실질적인 사인은 다르다는 뜻. 암살당했다는 뉘앙스가 강하게 느껴졌다.

"새 대통령은 선출되지 않았네. 마수와 전쟁 중인 특수 상황 속에서는 제대로 된 선거가 불가능하다는 이유로. 결국 어영부영 시간만 흐르다가 현재는 사실상 의원내각제로 전환한 상태라네."

"그것과 이곳이 무슨 관계인 겁니까?"

"현 삼권을 장악한 중심 세력에 의해 축출당한 이들이 결집한 게 바로 이곳, 과천 지상 특구일세."

"신서울과 100㎞도 떨어지지 않은 거리인데 말입니까?"

"공식적으로는 신도시에 불과하니까. 의회 세력으로서도 이곳을 칠 명분이 없으니 내버려 두고 있는 거지. 물론 마음만 먹으면 언제든 쓸어버릴 수 있다는 자신감도 있을 테고."

적시운은 미간을 찌푸렸다. 얘기를 듣고 나니, 이곳이야말로 시한폭탄이나 다름없다는 생각이 들었다.

제26장
재회

1

적시운 일행은 검문소 앞에서 정지했다. 잠시 기다리라고 한 김무원이 군인들에게 다가가 무언가를 건넸다. 이윽고 일행의 통과가 허락되었다.

"뇌물을 바친 거겠죠?"

"그런가 봐. 보아하니 여기도 제대로 된 동네는 아닌 것 같은데."

밀리아와 아티샤가 소곤거렸다. 딴에는 소리를 낮춘다고 한 것이었지만 듣지 못할 사람은 이 자리에 없었다.

"뇌물이 아니라 통행증을 낸 걸세. 이곳의 지배층과는 미리 얘기를 맞춰두었거든."

쓴웃음을 머금은 김무원이 말했다.

"삭막하고 힘든 세상이긴 하네만 그렇게까지 타락하진 않았네. 이곳도, 대한민국도."

"그런 얘긴 아무래도 좋습니다."

적시운이 김무원 앞으로 얼굴을 가져갔다.

"내 가족들은 어디에 있습니까?"

"……따라오게."

김무원은 일행을 시내로 안내했다. 성벽 같은 건물들의 묶음을 지나니 제법 깔끔한 형태의 시가지가 나타났다.

신서울과 비교해도 크게 꿀리지 않는 모습.

스케일이야 상대가 되지 않는다지만 깔끔하고 정갈한 측면에선 과천 특구가 한 수 위였다. 걷는 동안 김무원은 PDA를 만지작거렸다.

적시운은 그 손놀림에 집중했다. 면도날처럼 예리해진 기감은 손가락이 닿는 지점까지 일일이 감지하는 수준. 문자 내용을 읽어내는 것쯤은 일이 아니었다.

"자네 누나에게 문자를 보냈네. 이게 자네 가족들이 받을 충격을 조금이나마 희석시켜 주었으면 좋겠군."

"……집은 이 근처입니까?"

"조금 더 걸어가야 하네. 그리 오래 걸리지 않을 걸세."

대답이 끝나기 무섭게 진동음이 울렸다. PDA를 확인한 김무원이 말했다.

"마침 집에 있다는군. 가세나."

두근.

심장이 약동하는 소리가 고막을 때렸다. 세상이 적시운에게 맞추어 한데 쿵쾅거리는 것만 같았다.

"괜찮아, 시운?"

헨리에타가 걱정스러운 얼굴로 물었다.

적시운은 두 주먹으로 눈자위를 꾹꾹 눌렀다. 망막 위로 폭죽들이 터져 나오는 기분이었다.

잠시 후 시야를 회복한 적시운이 고개를 끄덕였다.

"난 괜찮아. 그러니까……."

위이잉.

절묘한 타이밍에 문자 하나가 더 전송됐다. 그것을 확인한 김무원의 표정이 순간적으로 경직됐다.

"잠시만 기다리게."

"또 뭡니까?"

"이곳, 과천 특구의 수뇌부가 연락해 왔네. 통행증을 냈을 때 보고가 올라간 모양이야."

"그런데요?"

"그들이 자네를 급히 만나고자 하네. 보아하니 신서울 측이야기가 이쪽까지 퍼진 모양이야."

축지법 뺨치는 경공이라 해도 광통신의 속도를 당해내진 못할 터. 그쪽 정보가 이쪽에 전달됐다는 게 이상한 일은 아니었다.

"가족들부터 만날 겁니다. 수뇌부인지 뭔지는 몰라도 그 후에 만나겠다고 전하십쇼."

"저들의 심기를 거슬렀다간 문제가 생길 걸세."

"아뇨, 그 반댑니다."

적시운은 딱 잘라 말했다.

"내 심기를 거스르면 저들에게 문제가 생기겠죠."

"자네, 설마……."

"안내하십시오. 더는 못 기다립니다."

김무원은 지그시 입술을 깨물었다.

"자네의 독단으로 인해 가족들에게 피해가 갈지도 모르네. 그래도 좋단 말인가?"

"저들의 뜻대로 따른다고 해서 무사할 거란 보장도 없죠. 아닙니까? 저들이 덕담이나 나누자고 나를 호출한 것도 아닐 텐데."

"으음……."

"어머니와 누나, 동생에게로 가겠습니다. 안내하십시오."

김무원은 무거운 한숨을 토했다.

"알겠네."

그는 걸음을 떼기에 앞서 PDA를 바닥에 던졌다. 그러고는 발뒤꿈치로 콱 내리찍었다. 하지만 꽤나 튼튼한 물건인 듯 액정에만 금이 가는 데 그쳤다.

파각!

적시운이 염동력을 발해 PDA를 산산조각 냈다.

"됐습니까?"

"그렇다네. 내가 이걸 부순 이유는……."

"위치 추적을 차단하기 위함이겠죠. 우리가 저들의 말을 듣지 않는다는 걸 안다면 찾아 나서려 할 것이 뻔하니까요."

"알고 있었군."

"하루 이틀 짬 먹은 게 아니잖습니까."

적시운의 대답에 김무원은 빙긋 웃었다. 반쯤은 체념한 듯한, 그래도 일말의 희망이 남아 있는 미소였다.

"이 순간부로 내 운명도 자네의 손에 달렸군."

김무원은 몇 블록을 더 건너 골목 안쪽으로 일행을 안내했다. 이윽고 아담한 크기의 단독주택이 나타났다. 고전적인 형태의 나무 문패가 문 옆에 걸려 있었다.

임하영.

어머니의 이름이었다.

"……."

배 속 깊은 곳으로부터 정수리까지. 뜨거운 열기가 척추를 타고 올라갔다. 몸살에라도 걸린 것 같은 열기에 적시운은 두 눈을 부릅떴다.

집을 떠나 중원과 미대륙을 헤맨 기간은 고작해야 반년. 하지만 그것은 적시운의 기준일 뿐. 그를 제외한 세계는 10년이란 나이를 먹어버린 뒤였다.

10년 만에 아들을 마주한 어머니는 어떤 심정일까. 누나는, 여동생은, 그들은 적시운을 보고서 어떤 반응을 보일까. 과연 아들, 동생, 오빠를 알아보기는 할까.

[궁상맞게 서 있기만 할 텐가?]

천마가 돌연 쏘아붙였다. 평소의 여유 넘치는 태도와 달리 제법 매서운 어조였다.

[무섭기야 하겠지. 가족들이 차가운 반응이라도 보일까 봐 말이야. 하지만 그렇다고 주저앉아만 있어서야 무슨 진전이 있겠는가?]

"……."

[매도 몇 분이나마 빨리 맞는 편이 낫지 않겠나? 뭐, 어느 쪽이든 10년 세월에 비하면 별반 차이가 없겠지만.]

"격려하려는 거야, 엿 먹이려는 거야?"

갑작스러운 혼잣말에 모두가 적시운을 바라봤다. 적시운도 천마도 개의치 않았다. 그저 서로를 매섭게 노려볼 뿐.

[겁쟁이처럼 주저하고만 있을 텐가?]

"빌어먹을."

적시운이 주먹을 불끈 쥐었다.

"들어간다고. 들어가면 될 것 아냐."

[물론 그래야지.]

빙긋 웃는 천마.

심호흡을 한 적시운이 대문에 손을 댔다. 기다렸다는 듯 대문이 밀려났다. 미리 잠금장치를 해제해 둔 모양이었다.

적시운은 문턱을 넘어 현관으로 향했다. 아니, 향하려 했다.

끼이익!

현관문이 갑작스레 열렸다. 잔뜩 화가 난 여성이 소매를 걷어붙이며 걸어 나왔다. 그녀의 얼굴을 본 적시운이 그대로 얼어붙었다.

"언제까지 그렇게 어기적거리고 있을 거야? 기다리다 지쳐 돌아가시겠잖아!"

"……누나."

"바보 자식."

적시운의 누나, 적수린이 달려와 있는 힘껏 동생을 끌어안았다.

"그동안 힘들었지?"

적시운의 시야가 뿌옇게 흐려졌다. 반사적으로 눈을 깜빡이자 투명한 눈물이 볼을 타고 흘렀다.

"미안해."

적수린이 다시 말했다. 적시운은 가까스로 목소리를 쥐어 짜 냈다.

"뭐가…… 미안하다는 거야."

"바보. 누나가 이런 말을 할 때는 그냥 가만히 있는 거야."

적시운은 누나의 말을 따랐다. 지그시 눈을 감은 채 머리를 쓰다듬는 손길을 느꼈다.

"……."

일행은 형언하기 힘든 뭉클함을 느끼며 남매를 바라봤다.

실로 보기 힘든 광경. 철인처럼만 느껴지던 적시운의 알맹이가 그곳에 있었다.

10분가량을 껴안고 있던 남매가 마침내 떨어졌다. 적시운은 내공을 발휘해 볼을 타고 흐르는 눈물을 증발시켰다. 눈물이 흘러내린 자국까지는 어쩌지 못했지만.

"엄마와 세연이는?"

"그건……."

적수린의 얼굴에 미묘한 기색이 스쳤다. 부정적인 느낌에 가까운 얼굴색.

적시운의 고개가 획 돌아갔다.

"내게 뭘 숨긴 겁니까?"

"수, 숨기다니! 난 자네에게 진실만을 말했네. 그 어떤 거짓말도 하지 않았어!"

황급히 말을 늘어놓는 김무원. 적시운은 그게 변명에 가깝다고 느꼈으나 적수린이 곧장 입을 열어 김무원을 두둔했다.

"특무부장님의 말이 맞아. 아무것도 얘기하지 않은 건 나였으니까."

"그게 무슨 말이야, 누나?"

"세연이가 구울 인자에 감염됐었던 거, 기억하지?"

적수린의 얼굴에 희미한 고통의 기색이 스쳤다.

"이곳에 온 이후에 그게 재발했어. 무려 10년 만에. 그 누구도 예상하지 못한 시점에 말이야."

"……!"

"황급히 세연이를 치료해야만 했어. 하지만 이곳 과천 특구에서는 불가능했어. 일반 병원은 있을지언정 구울 감염에 정통한 병원과 치료 체계는 갖춰지지 않았으니까."

"왜, 왜 말하지 않았던 것이냐?"

김무원의 목소리였다. 그의 음성은 적시운 이상으로 당혹감에 젖어 있었다.

"부장님께 더 이상의 부담을 드릴 순 없었어요. 그땐 이미 파직을 당하신 뒤였고, 본인 일만으로도 버거운 시기였으니까요."

"하지만……."

"제법 오래전에 시운이의 연금과 호국 수당의 지급이 멈췄죠. 그 이후에도 부장님께서 사비를 털어 저희를 지원해 주셨다는 것, 잘 알고 있었어요."

"……."

"시운이 너도 부장님을 너무 원망하진 마. 네가 없는 동안 우리 편이 되어준 유일한 분이셨어."

적시운은 말없이 큰누이를 응시했다. 뇌리에 깊이 각인되어 있는 익숙한 윤곽. 세월의 흐름을 증명하는 듯한 흔적들. 이제는 30대 후반이 된 그의 누나는 성숙하면서도 어딘지 모르게 피로에 짓눌린 듯한 기색이었다.

"이것만 대답해 줘. 세연이와 엄마는 지금 어디에 있어?"

"말했다시피 이곳, 과천 특구의 기술로는 세연이를 회복시킬 수가 없었어. 그래서…… 특단의 대책을 세워야만 했지."

"그 대책이란 게 뭔데?"

"간단해. 구울 인자와 관련해 가장 믿을 만한 치료 기관으로 세연이를 옮기는 거였어."

"신서울 종합병원!"

충격과 경악이 담겨 있는 목소리. 김무원의 음성이었다.

"그곳으로 세연이를 옮긴 것이더냐?"

"네, 물론 쉽지는 않았어요. 우리가 누구한테 찍혔는지는 명백했으니까요. 그래도 브로커를 잘 만난 덕에 신분을 위장할 수 있었죠."

"세연이는 그럼 지금 신서울에 있어?"

"응, 다행히도 지금은 순조롭게 회복 중이야."

적수린이 노곤한, 그러나 밝은 미소를 지어 보였다.

"운이 좋았다고 해야겠지?"

청문회가 끝난 뒤로도 차수정은 한동안 입원해 있었다. 지금 추격대를 따라가 봐야 방해만 되리라는 판단에서였다.

몸을 회복시키는 한편, 그녀는 적시운에 대해 깊이 조사하기로 했다.

김무원이 걸어놓았던 록은 국정원 IT 팀에 의해 깨어진 뒤. 차수정은 어떠한 방해도 없이 특무부장의 기밀 자료를 살폈다. 그리고 적시운의 약점을 찾아냈다.

'가족들.'

김무원이 지키고자 한 것은 적시운이 아닌, 그 가족들의 정보였다. 자료는 꽤나 상세했다. 양에 대해 잘 아는 건 늑대 아니면 양치기라더니, 과연 그 말이 정답이었다.

적시운이 특수 임무에 자원하면서 내건 조건. 그로 인해 구울 인자 백신을 처방받게 된 여동생. 그 와중에 목숨을 잃게 된 태천 그룹 회장의 아들.

그 모든 정보가 기록되어 있었다. 김무원은 특무부장으로서의 능력을 모두 발휘하여 적시운의 가족을 빼돌렸다. 그 결과 태천 그룹과 정재계의 눈 밖에 났고, 결과적으로 지지 기반을 모조리 잃고 몰락했다.

'이들, 가족이야말로 그 남자의 확실한 약점.'

차수정은 그렇게 확신했다. 적시운과의 정면 대결은 자살행위다. 이미 지난 전투를 통해 그 사실을 뼈저리게 깨달은 뒤였다.

결국 약점을 노리는 게 최선.

설령 그 방식이 아무리 더럽고 치졸하더라도 어쩔 수 없었다. 그녀로선 이번 임무를 반드시 성공시켜야만 했기에.

2

하지만 어떻게?

어떻게 가족들을 엮어 적시운을 압박한단 말인가?

차수정은 서두르지 않기로 했다.

'우선은 정보 수집부터.'

일단은 적시운의 가족들의 행적을 검색했다. 주민등록증상의 거주지는 신서울. 그러나 몇 년 전부터 납세 기록이 뚝 끊어져 있었다. 소득세나 지방세는 물론, 수도 요금과 전기 요금까지도.

'신서울에 살고 있지 않다는 뜻.'

거주지를 옮겼다면 기록이 남을 수밖에 없다. 숨어 산다는 건 신서울의 구조상 불가능한 일. 결론은 도시 바깥으로 내뺐다는 의미였다.

'일반적인 수색 방식으로는 그들을 찾아낼 수 없다.'

초법적인 방법이 필요했다. 그렇게 마음을 굳힌 차수정이 브라우저를 변경했다. 딥 웹(Deep Web)에 접속하기 위해서였다.

일반적인 사이트를 표면 웹이라 한다면, 딥 웹은 네트워크 상의 암흑가와 같았다. 수많은 비리와 음모가 도사리는, 그러나 경우에 따라 모든 것을 취할 수 있는 곳.

사실 엄밀히 말하자면 대단한 비밀 공간 같은 것은 아니었다. 그저 일반 웹 사이트보다 눈에 덜 띄는 장소일 뿐.

그리고 그런 곳엔 별별 인간들이 다 모여드는 법이었다.

'어쩌면 그 안에서 쓸 만한 정보를 얻을 수 있을지도 몰라.'

혹은 쓸 만한 인물을 만나거나.

차수정은 딥 웹 내의 헌터 커뮤니티를 방문했다. 하루에도 수십억 규모의 의뢰가 오가는 어둠의 거래처. 그곳에 게시물을 올렸다.

평범한 '사람을 찾습니다' 종류의 글. 행방불명된 가족을 찾고 있다는 식으로만 글을 작성했다. 물론 실종자 항목엔 적시운의 가족들을 적어놓았고.

여기에 큰 기대를 걸진 않았다. 이런 커뮤니티엔 하루에도 수백 건의 글이 올라오게 마련. 별다른 관심을 못 받고 묻혀버리는 게시물이 태반이었다.

그래서 사례금을 꽤나 빵빵하게 기재하긴 했다. 아무래도 걸린 돈이 클수록 사람이 꼬이는 법이었으니.

'일단은 여기까지.'

차수정은 미련 없이 창을 닫았다. 뭔가가 미끼를 문다면 좋은 일, 그게 아니라 해도 실망할 일은 아니었다.

'일단 이쪽은 잊고서 다른 조사에 착수하자.'

한데 1시간이 채 지나기 전에 대어가 밑밥을 물었다. 그녀의 게시물에 관심을 보인 이가 나타난 것이다.

[임하영과 적세연의 신원을 확보하고 있다.]

적시운은 으득 소리가 나도록 이를 악물었다.

'바로 곁에 있었는데도……!'

적시운이라 해도 전지전능하진 않다. 신서울의 인구는 50만. 그중에서 가족들의 기척만을 찾아낸다는 건 모래사장에서 바늘 찾기나 다름없었다. 하지만 그렇더라도 속이 타는 것은 어쩔 수 없다. 얼마 떨어지지 않은 곳에 여동생과 어머니가 있었는데 지하 도시를 떠나오고 말았으니.

김무원의 얼굴은 아예 시커멓게 죽어 있었다.

"나, 나는 전혀 몰랐네. 자네 어머니와 동생이 신서울로 이동했을 줄은 정말 몰랐어."

적시운도 그걸 알고 있었기에 가만히 화를 삭였다. 어차피 김무원에게 화풀이해 봐야 나아질 것도 없었고.

적수린의 표정도 심각해졌다.

"저…… 무슨 일이라도 있었어?"

"누나, 엄마랑 세연이는 지금 함께 있는 거지? 신서울 종합병원에 말이야."

"응? 으응. 신분을 위장한 데다 문제없이 잠입하는 데에도 성공했으니까……."

"두 사람 다 안전한 거지?"

"물론이야. 바로 어제도 통화했었는걸."

아직은 괜찮다. 그러나 마음을 놓을 순 없었다. 적시운이 그런 일을 벌이고 난 직후인 이상은.

"좋아, 누나는 여기서 기다려. 부장님도 함께 남으십시오. 가장 안전한 곳에서 내가 돌아올 때까지 기다리십시오."

적시운의 말에 김무원이 움찔했다.

"자네, 설마……?"

"왜 그래? 어디 가려는 거야, 시운아?"

"신서울."

적시운은 몸을 돌렸다.

"엄마와 세연이를 데려와야겠어."

"제정신인가? 이번에 가게 되면 수비대뿐 아니라 육군까지 상대해야 할지도 모르네!"

적수린이 머리를 망치로 얻어맞은 듯한 표정을 지었다.

"그게 무슨 소리예요, 부장님? 수비대라뇨? 육군이라뇨? 시운아? 부장님이 무슨 얘기를 하시는 거야?"

"누나는 소문 못 들었어?"

"소문이라니, 대체……."

적수린의 목소리가 잦아들었다. 가족들을 위험 지역으로 보낸 입장인 만큼, 그녀 역시 정세와 풍문에 촉각을 곤두세우고 있었다. 당연히 최근 화제가 되고 있는 신서울 측 이야기를 모를 리 없었다. 단지 그것을 적시운과 연결 짓지 못했을 뿐.

정부 측에서는 테러가 일어났다는 것만 발표하고 범인을 비롯한 상세 정보는 은폐했다. 일반인인 적수린이 그 내막을 알아낼 길이 있을 리 없었다.

"그럼, 그럼 네가……?"

"누나."

적시운은 부드러운 눈으로 적수린을 바라봤다.

"엄마와 세연이, 찾아서 데려올게. 그러니 여기서 조금만 기다려 줘."

"잠깐, 시운아. 정말로 네가 그런 거야? 네가……."

"수비대와 싸우고 태천 그룹 본사에 풍차를 처박았어. 내가 한 일이야."

담담한 어조로 대답하는 적시운. 적수린은 무슨 말을 해야 할지 모르겠다는 표정이었다. 꾸지람을 한다는 건 어울리지 않았다. 칭찬을 하는 것도, 슬퍼하거나 기뻐하는 것도 어울리지 않았다. 그녀의 인식 범위를 아득히 넘어버린 사건이었기에.

"왜 그랬어?"

혼란에서 겨우 쥐어짜 낸 질문이 그것이었다. 적시운은 잠시 생각하다가 대답했다.

"내 가족을 건드렸고 나를 건드렸으니까."

"하지만…… 너무 무모해. 그들과 맞서 싸운다는 건 너무나도 위험한 일이잖아?"

"예전의 나라면 그랬겠지."

적시운은 자랑하는 기색 없이, 그러나 단호히 말했다.

"지금은 아냐."

"시운아……."

"누나가 무슨 생각을 하는지는 잘 알아. 하지만 걱정하지

마. 나, 그렇게 대책 없이 막 움직이는 놈은 아니니까. ……
이번엔 상황이 좀 꼬여 버렸지만."

적시운이 부드럽게 웃었다.

"그러니 믿고 기다려 줘."

적수린은 무심결에 고개를 끄덕였다. 사실 그것 외에는 그
녀가 할 수 있는 일이 없었다. 저렇게까지 말하는 동생을 믿
지 않을 수야 없는 일이었으니까.

적수린은 김무원 쪽으로 시선을 보냈다. 대체 이게 어찌
된 일이냐는 추궁의 눈빛. 정작 김무원은 패닉 상태에 빠진
듯 그녀의 시선도 느끼지 못하고 있었다.

"그렉과 아티샤는 여기 남아서 두 사람을 경호해. 신서울
엔 나와 헨리에타, 밀리아 세 명이 간다."

"넵!"

밀리아가 대검을 들어 올리며 대답했다. 뒤늦게 정신을 차
린 김무원이 적시운을 만류했다.

"기다리게. 아무 대책도 없이 무작정 돌아갈 생각인가?"

"대책 있습니다."

"대책이 있다고?"

"예, 최대한 빠르게 신서울 종합병원으로 가서 두 사람을
데려온다. 그게 내 대책입니다."

"……."

완전히 말문이 막힌 김무원.

밀리아가 킥킥 웃으며 손등으로 그의 가슴을 툭 쳤다.

"이게 데몬 오더의 방식이거든, 아저씨."

데몬 오더.

앞서 헨리에타에게서도 들었던 이름.

적시운이 이끄는 길드라고 했던가?

난생처음 듣는 이름이건만 김무원은 평생을 잊지 못할 것만 같았다.

"자네를 말리는 건 아마도 불가능하겠지. 그래도 주의를 줘야겠네. 과천 특구를 빠져나갈 때 주의하게. 이곳의 수비대 또한 자네들을 노릴지 모르네."

"신서울의 일 때문입니까? 하지만 여기는 그곳과 반목하는 사이라면서요?"

"정치적으로는 그렇지. 하지만 공식적으로는 이곳 또한 대한민국의 도시. 대한민국 정부의 지배를 받는 곳이야. 국가 공인 테러리스트를 보호해 줄 수는 없는 입장일세."

국가 공인 테러리스트.

꽤나 거창한 표현에 적시운은 피식 웃었고, 적수린은 하얗게 질렸다.

"무엇보다 이곳의 세력은 아직 약하네. 이러나저러나 신서울 측 눈치를 볼 수밖에 없어."

"무슨 말인지 알겠습니다. 참고하죠."

정말 그럴 거냐는 질문이 김무원의 목구멍까지 치솟았다. 하지만 그는 말을 꺼내지 못했다. 적시운도 더 들을 생각이 없었고.

"다녀올게, 누나."

웃으며 말한 적시운이 담장 밖으로 신형을 쏘았다. 헨리에타와 밀리아 역시 빠르게 그 뒤를 따랐다. 세 사람은 경공을 펼쳐 옥상 위를 질주했다.

"누나한테는 그러는구나."

헨리에타의 말에 적시운이 고개를 돌렸다.

"뭐가?"

"우리한테는 단 한 번도 그런 표정을 지어 보인 적이 없었어. 그렇게 부드러운 어조로 얘기한 적도 없었고."

"맞아, 맞아."

맞장구를 치는 밀리아. 적시운은 미간을 찡그린 채 그녀들을 바라보다가 고개를 돌렸다.

"별게 다 불만이네."

"불만이란 게 아니라, 그냥 신기해서 그래. 당신도 그런 표정을 지을 수 있구나 싶어서."

"나도 사람이니까."

"응, 알아. 당신이 한참 동안 집 안에 들어가지 못할 때 확실히 느꼈어."

헨리에타가 부드럽게 웃었다.

"우리 길드장한테도 이런 면모가 있구나 싶던데?"

"……"

"솔직히 아까 울었지? 당신 누나하고 얼싸안고 있을 때 말이야."

"전혀 아냐."

"거짓말."

"저희들 모두 봤어요. 시운 님 볼에 눈물 자국이 남아 있는 거요."

"당신도 눈물을 흘리긴 흘리는구나 싶던데?"

"……"

약점을 잡았다는 표정들. 두 여인이 신이 나서 재잘거렸다.

그 와중에 천마가 불편한 침음을 토했다.

[하여간 아녀자들이란. 본좌의 후계자가 흘린 그 눈물 한 방울에 해하와 같은 뜻이 담겨 있거늘. 그것을 모르고 놀려 먹는구먼.]

"시끄러워."

적시운이 말했다. 세 사람 모두를 향해.

일행은 어느새 특구 외곽에 다다랐다.

처음 들어왔던 빌딩의 벽. 그곳을 훌쩍 넘으니 황야가 나타났다. 그리고 능선 너머로부터 나타나는 한 척의 비행선. 특무부 요원 수송용 함선, 흑호(黑虎)였다.

흑호가 왜 이곳으로 날아오는가?

이를 추측하는 것만큼 무의미한 일이 있을까 싶었다.

"어떻게 할까?"

"알면서 뭘 물어?"

적시운은 검을 뽑아 들었다. 아킬레스에게 선물 받은 운철 검이 시린 빛을 토했다. 이내 은색 검신이 검게 물들었다.

우우우웅.

천마검기를 한껏 머금은 칼날이 은은한 검명(劍鳴)을 토했다.

"일단은 격침시키고 보자고."

"넷!"

적시운과 밀리아가 허공을 박차고 내달렸다. 헨리에타는 지상에 착지한 후 소총을 끄른 다음 엎드렸다.

여러 차례 개조를 거친 바렛 M82X.

시타델을 떠나기 전에 가까스로 매물을 구할 수 있었다. 인간이 아닌 중형 이상의 마수를 대상으로 한 대물 저격총. 마수뿐 아니라 장갑차나 기간틱 아머에도 충분한 유효 타격을 먹일 수 있었다.

비행선 또한 예외는 아니었다.

지이이잉!

흑호의 표면 위로 미세한 스파크가 일어났다. 물리 저항용 배리어. 적시운과 밀리아를 발견하기라도 한 모양이었다.

'그렇다면······.'

헨리에타는 심호흡을 하며 아랫배에 집중했다. 단전으로부터 뜨거운 기운이 솟구쳐 올라 팔과 손가락을 지나쳐 소총 내부로 스며들었다.

끈적하게 탄환에 휘감기는 소호신공의 기운. 스코프 너머로 비행선의 정중앙이 고정되었다. 헨리에타는 주저 없이 방아쇠를 당겼다.

제27장
강행돌파(1)

1

"미확인 비행체가 접근 중입니다!"

레이더를 주시하던 오퍼레이터가 소리쳤다. 성인 잡지를 넘기던 배불뚝이 함장이 시큰둥하게 대꾸했다.

"새 떼 가지고 호들갑은. 뚫고 가면 그만 아냐."

"아, 아닙니다. 새 떼가 아닙니다!"

"그럼 뭔데?"

오퍼레이터는 대답 대신 전방의 창을 가리켰다.

미간을 찌푸린 함장의 눈이 이내 휘둥그레졌다.

"저건 대체……?"

육안으로도 확인 가능한 비행체. 시커먼 불꽃에 휩싸인 무언가가 허공에서 스멀거리고 있었다. 한밤중의 도깨비불의 색을 변환한다면 저런 모습이지 않을까 싶었다.

검은 불길 사이로 인간의 형체가 언뜻 보였다. 한 가지 가능성이 문득 함장의 뇌리를 뚫고 지나갔다.

"배, 배리어를 쳐. 얼른!"

지지지직.

물리 저항 배리어가 흑호의 표면을 감쌌다. 미사일까지는 무리더라도 어지간한 대전차화기쯤은 막아낼 수 있는 수준. 개인화기로 뚫는 것은 사실상 불가능한 보호막이었다.

비행체들은 계속하여 다가오는 중. 이제는 형체를 분명히 확인할 수 있었다.

어처구니없게도 그것은 검을 쥔 남녀였다. 실로 시대착오적인 무장이 아닐 수 없었다.

"미친 연놈들!"

씹어뱉듯 소리친 함장이 오퍼레이터를 돌아봤다.

"건네받은 사진 띄워봐. 그 새끼들이 맞나 확인하게!"

"예!"

갑판 모니터에 사진 몇 장이 나타났다. 거리의 CCTV가 촬영한 것에 해상도 보정을 한 사진들이었다. 사진 속의 인물들은 접근 중인 놈들과 인상착의가 동일했다. 그리고 무엇보다도 마찬가지로 검을 휘두르고 있었다.

"미친놈! 칼 빼 들고 비행선으로 돌격을 한다고?"

함장은 이를 뿌드득 악물었다. 갈아 마셔도 시원찮을 테러리스트. 놈들을 추격하여 여기까지 왔는데 고맙게도 저쪽에서 마중을 나왔다. 어찌나 고마운지 이마의 힘줄이 터질 듯이 불끈거렸다.

"요원들에게 알리고, 그리고 속도를 높여라. 그대로 들이받아 버리게!"

100톤 중량의 비행선이 배리어까지 치고서 돌진 중이다. 부딪친다면 뼈를 못 추리는 정도가 아니라 가루가 나버릴 터. 무식하게 정면으로 날아드는 놈들이 가소롭기만 했다.

"흥! 이제 보니 뒈지고 싶어 환장한 놈이었군. 요원들에게 미안해지는걸."

흑호가 속도를 높여 전진했다. 배리어로 인해 표면 위로 스파크가 연신 일어났다. 그런 흑호를 향해 헨리에타가 방아쇠를 당겼다.

탕!

약실을 떠난 탄환이 허공을 갈랐다. 소호신공의 기운을 듬뿍 머금은 총알이 푸른색으로 빛났다.

허공에 그어지는 푸른 일직선. 탄환은 흑호의 정면, 정중앙을 향해 빨려들듯 날아갔다.

파각!

선체 위로 불꽃이 튀었다. 지금까지와는 다른 느낌의 스파크가 터져 나왔다. 물리 저항 배리어에 작지만 분명한 균열이 생겨났다.

"흡!"

밀리아의 근육이 팽창했다. 버서커 특유의 근력 강화술. 동시에 그녀는 아랫배에 힘을 콱 주었다. 타형명공의 내공이 쥐어짜 낸 과즙처럼 튀어 올랐다.

화륵!

언젠가 천마가 말했던 것처럼 타형명공은 그녀의 체질에 맞추어 열공(熱功)의 형질을 띠게 되었다. 그 결과 진짜 불길이 검신을 타고 치솟아 올랐다.

외공의 역할을 해주는 버서커의 능력. 거기에 거칠지만 묵직한 내공이 더해진 일격. 밀리아는 불타는 탄환이 되어 비행선을 향해 날아갔다.

정확히 헨리에타가 꿰뚫었던 지점. 구멍 난 배리어의 틈새를 비집고 그녀의 대검이 내리꽂혔다.

쾅!

선체 위로 폭염이 치솟았다. 밀리아는 그대로 장갑을 뚫고서 안으로 들어갔다.

안쪽은 함장과 오퍼레이터들이 앉아 있는 내부 갑판이었

다. 정면의 창을 뚫고서 내려앉은 밀리아를 보고 선내의 모두가 넋이 나갔다.

덜컹.

또 하나의 신형이 옆에 내려섰다. 흑색 불길이 이글거리는 검을 쥐고 선 사내. 적시운이었다.

"⋯⋯."

주변을 한차례 돌아본 적시운이 입맛을 다시며 천마검기를 거뒀다.

"이건 예상외인걸."

"어떤 게 말씀인가요?"

"단번에 진입한 거. 솔직히 말해서 너희끼리 뚫을 수 있을 거라고는 생각 못 했거든."

"헤."

밀리아가 빙긋 웃었다.

"저희도 그동안 열심히 수련했다고요. 시운 님이 가르쳐 주신 대로 말이죠."

가르쳐 줬다고 해봐야 호흡법과 간단한 보법, 경공이 전부였다. 일단은 기본부터 정착시켜야 한다는 천마의 말도 있었거니와, 적시운부터가 달리 뭔가를 전수할 짬이 나지 않았던 까닭이다.

결국 일행이 배운 것도 기본뿐이요, 할 수 있는 것도 기본

뿐이었다. 그런데도 벌써 이 정도의 성과를 보였다. 가히 눈 돌아가는 수준의 학습 속도였다.

[이 모든 게 다 본좌의 안배 덕분이 아니겠나? 저 아해들의 체질에 딱 맞는 심공을 고른 데 그치지 않고 몸으로 깨닫게끔 확실히 전수시켜 주었으니 말이야.]

'또 시작이군.'

적시운은 내심 한숨을 내쉬면서 밀리아에게 말했다.

"그래, 잘했어."

"……와."

밀리아가 멍하니 입을 벌렸다. 순수하게 놀란 모습.

적시운은 눈썹을 살짝 찡그렸다.

"뭐야?"

"설마 시운 님한테서 칭찬을 듣게 될 줄은 몰랐거든요."

"너희들, 대체 날 뭐라고 생각하는 거냐?"

"헤헤."

장난스럽게 웃은 밀리아의 표정이 돌연 매섭게 변했다.

"어쨌든, 이제 이 녀석들을 손봐주면 되겠죠?"

"……그래."

승무원들이 주변을 둘러싼 상황. 각기 총기를 꺼내어 두 사람을 겨냥하고 있었다.

"이런 미친놈들!"

함장이 걸걸한 음성을 토해냈다.

"무슨 수로 흑호의 배리어를 뚫고 들어왔는지는 몰라도 너희는 지금 호랑이 아가리 안에 머리를 들이밀었다."

"호랑이가 아니라 고양이 아가리 같은데."

적시운은 피식 웃었다.

"이름도 이참에 흑묘로 바꾸지그래."

"……잘도 지껄이는구나. 하지만 그 여유도 이제 끝이다."

벌컥 문이 열리며 특무요원들이 와르르 쏟아져 나왔다. 적시운은 그들의 능력을 가늠해 보았다. 대체로 B랭크 근방에 포진되어 있는 능력치. A랭크 이능력자에게도 꽤나 부담스러울 숫자였다. 물론 적시운에겐 아니지만.

"정면으로 30m. 아래로 층 셋을 내려가면 동력로가 있어. 그곳까지 뚫고 간다."

"네!"

영어로 나눈 대화였으나 알아듣지 못할 요원은 없었다. 요원들의 얼굴이 붉으락푸르락 돌변했다. 대놓고 자기네 계획을 떠벌리는 태평함에 분노한 것이다.

"전원……!"

파앙!

요원들의 리더가 말을 내뱉기도 전에 적시운이 신형을 쏘았다. 염동술사들이 반사적으로 배리어를 펼쳤으나 적시운의 예상 범위 내였다.

쿠구구구.

왼쪽 손아귀에 응집되는 기운.

염동력을 고스란히 물리력으로 전환시킨 것이었다.

부우욱!

적시운의 왼팔이 배리어를 찢어발겼다. 경악하는 요원들 사이로 운철검이 내리꽂혔다.

파바바밧!

칼날로부터 뿜어져 나오는 내공의 폭풍. 날카로운 기운이 요원들을 난자했다.

"크헉!"

"으아아악!"

살기가 실리진 않았다지만 치명상을 입히기에는 충분한 위력. 장소가 협소하다는 것도 치명적이었다.

두 자릿수의 요원이 피투성이가 되어 쓰러졌다. 단 일격이 빚어낸 참사였다.

"제기랄!"

텔레포트 능력을 지닌 요원이 적시운의 배후로 이동했다. 자그만 나이프 한 자루가 요원의 손에 들려 있었다.

우우우웅.

유심히 보지 않으면 느끼지 못할 만큼 미세하게 진동하는 칼날. 거의 모든 걸 베어낼 정도의 절삭력을 지닌 초진동 나이프였다.

"뒈져!"

요원이 적시운을 향해 나이프를 휘둘렀다. 나머지 요원들이 한데 기운을 모아 적시운의 염동력을 봉쇄했다.

"좋아!"

"이제 저 검을 쓰지 못할 거다!"

"그대로 난도질해 버려!"

요원들의 얼굴에 희망이 스쳤다. 조금 전의 검격을 이능력의 응용이라 생각하고 있는 모양. 그 유일한 무기를 봉쇄했으니 자신들이 유리하다는 게 요원들의 생각이었다.

반면 나이프를 휘두르는 요원의 얼굴이 서서히 파래졌다. 미친 듯이 칼자루를 휘두르는데도 칼날에 닿는 것이 전혀 없었다.

더 미치겠는 것은 적시운이 바닥에서 한 발짝도 발을 떼지 않고 있다는 사실이었다.

"크윽! 크으윽!"

나이프를 휘두르는 속도가 차츰 느려졌다. 다른 요원들도 뒤늦게 심상찮다는 것을 느꼈다.

"꽤 좋아 보이는 장난감인데."

홱!

한 줄기 바람이 스쳐 간 뒤로 손아귀가 허해졌다. 조금 전까지만 해도 들려 있던 초진동 나이프가 이제는 적시운의 손아귀에 넘어가 있었다.

"이, 이런 말도 안 되는……!"

퍼억!

적시운은 요원의 복부에 권격을 꽂았다. 약간이지만 안도감을 느끼며.

텔레포트가 여러모로 성가신 능력. 이 요원이 기습을 감행한 것이 적시운으로선 다행한 일이었다.

"이번엔 네 녀석들 차례야!"

밀리아가 요원들에게 쇄도했다. 버서커의 근력에 내공이 더해진 검격이라기보다는 망치질에 가까워 보이는 공격이 요원들을 덮쳤다.

"크악!"

"커허어억!"

대처하지 못한 요원들이 추풍낙엽처럼 허물어졌다. 요원들의 진형 또한 자연히 붕괴되었다. 적시운과 밀리아는 이제 검을 꽂아 넣고서 맨손으로 요원들을 상대하기 시작했다. 죽이지 않는 선에서 위력을 조절한 공격이었으나, 패닉 상태에 빠진 요원들에겐 그마저도 악몽이었다.

퍼버벅! 퍽! 퍼벅!

"허억!"

"아아악!"

타격음과 비명이 곳곳에서 터져 나왔다. 몇몇 요원이 이능력을 펼쳐 반격하려 했으나, 적시운이 귀신같이 알아채고는 염동력으로 상쇄시켜 버렸다.

이능력자와 일반인 간의 싸움으로 보일 지경.

몇 분 지나지 않아 특무부의 전원이 바닥에 널브러졌다.

"이, 이럴 수가⋯⋯!"

등 뒤에서 들려오는 좌절 가득한 목소리. 함장이었다.

적시운은 함장과 승무원들을 힐끔 돌아봤다. 누군가가 총을 떨어뜨린 듯 달그락 하는 소리가 요란하게 울렸다.

"이 비행선, 그대로 폭파할 생각이다."

"뭐, 뭐라고⋯⋯?"

"그러니 어서 빨리 달아나는 게 좋을걸. 뒤쫓지 않을 테니 부상자들도 옮기도록 해."

그 말을 남긴 적시운이 홱 몸을 돌렸다. 멍하니 서 있던 함장의 얼굴이 이내 파랗게 질렸다.

"흐, 흑호를 버린다! 전원 탈출하라!"

적시운은 단번에 동력로가 있는 곳까지 다다랐다. 흑호는 10년 전에도 대한민국의 주력 비행선이었던 만큼 헤맬 일은 없었다.

설령 처음 보는 비행선이라 해도 기감을 통해 구조를 파악할 수 있었겠지만.

콰직!

동력로에 냅다 주먹을 꽂아 넣었다. 그리고 몇 개의 전선과 플러그를 뽑아냈다.

"이렇게 하면 당장 폭발하진 않아. 20분에 걸쳐 서서히 동력로가 가열되다가 폭발하겠지."

쿠우웅.

동력을 잃은 비행선이 왼쪽으로 기울어졌다. 적시운과 밀리아는 곧장 장갑을 뚫고서 바깥으로 탈출했다.

헨리에타가 아래쪽에서 두 사람을 기다리고 있었다. 그녀와 합류한 적시운은 다시 신서울을 향해 걸음을 옮겼다.

차수정에게 연락한 이는 자신을 브로커라고 소개했다. 주업종은 신분 세탁 및 밀수. 임하영과 적세연 또한 그의 고객이라고 했다.

다시 말해 자신의 고객을 팔아넘기겠다는 뜻. 보통 썩어빠진 인간이 아닌 듯했다.

'그런 인간의 힘이라도 빌려야 하는 나는 그럼 뭐지?'

자괴감이 들었지만 어쩔 수 없었다. 지금의 차수정은 지푸라기라도 붙들어야만 했으니까. 그녀는 브로커와 거래하기로 마음먹었다.

2

ㅡ신서울 종합병원, 801호.

우여곡절 끝에 차수정이 얻게 된 정보였다.

단 한 줄의 짤막한, 그러나 천금보다도 귀중한 정보.

약간은 의외이기도 했다. 설마 임하영 모녀가 신서울 지하도시에 돌아왔을 거라고는 생각지도 못했던 것이다.

물론 아직 기뻐할 단계는 아니었다. 정보 자체가 거짓일 가능성도 낮지 않았기에. 하지만 브로커는 임하영 모녀에 대해 꽤나 자세히 알고 있었다. 간단 검색 따위로는 얻을 수 없는 정보들까지도.

'함정일 가능성은?'

그 또한 낮지는 않았다. 하지만 차수정으로서는 선택의 여지가 없었다. 추격대가 이미 과천으로 향한 이상, 그녀가 점수를 따낼 길은 이것뿐이었다.

'10년 전의 구울 인자가 하필이면 지금 재발하다니.'

참으로 기구한 운명이구나 싶었다. 하지만 그녀 또한 칼날 위를 걷고 있는 입장. 남을 동정할 여유 따위는 없었다.

차수정은 퇴실하여 곧장 바깥으로 향했다. 병력을 대동할 수도 있겠지만 그러지는 않기로 했다. 괜히 남이 끼어들게 했다간 공적을 뺏길 수도 있었던 것이다.

'이건 어디까지나 내 공적으로 인정받아야만 해.'

그러려면 그녀 홀로 가야만 했다. 무엇보다도 적시운이 신서울을 떠나 있는 상태였다. 그가 이곳에 없는 이상 두려워할 것은 없다고 봐도 좋았다.

"좋아."

차수정은 곧장 차를 타고서 신서울 종합병원으로 향했다. 그녀의 차 밑바닥에 위치 추적용 송신기가 부착되어 있다는 사실은 꿈에도 모른 채.

신서울 종합병원은 한산했다.

최근에 터진 대형 사고라고는 적시운 건이 유일했고 그쪽 환자들은 다른 병원으로 이송되었기 때문이다.

차수정은 엘리베이터를 타고 8층에 다다랐다. 헤맬 것 없이 금방 801호를 찾아낼 수 있었다.

"……."

그녀가 바라는 게 이 문 너머에 있었다. 문을 열고 들어가 모녀를 제압하면 된다. 가족을 인질 삼아 적시운을 투항하게 만들면 모든 게 해결될 터였다.

그녀는 명예와 지위를 회복할 수 있으리라. 모든 것이 예전처럼 돌아가리라.

'저들을 붙잡기만 하면……!'

차수정은 문고리에 손을 얹었다. 하지만 차마 문을 열지는 못했다.

'어째서?'

그녀는 주저하고 있었다. 적시운의 가족들을 제압하는 것을 몸이 거부하고 있었다.

'그 남자, 적시운 선배가 두려워서?'

그것도 물론 이유가 될 수 있으리라. 하지만 그것만이 이유라고 생각하기는 어려웠다.

"나는……."

"시운이의 동료분인가요?"

차수정은 휙 고개를 돌렸다. 단아한 인상의 중년 여인이 그녀의 옆에 서 있었다. 이렇게 가까이 다가올 때까지 눈치채지 못했다는 사실이 어이가 없었다.

여인이 능력자인 것은 아니었다. 그저 차수정이 상념에 깊이 잠겨 있었기 때문일 뿐.

아마도 여인이 바로 임하영. 적시운의 어머니일 터였다.

쿵쿵쿵쿵.

미친 듯이 약동하는 심장. 놀란 가슴을 애써 진정시킨 차수정이 정중히 고개를 숙였다.

"차수정이라고 합니다."

"임하영이에요."

"제가 선배의 동료라는 건 어떻게⋯⋯?"

"그 아이도 그런 정장 차림을 하고 다녔으니까요. 그게 특무부 요원의 정식 복장이지요?"

차수정은 자기 머리를 한 대 세게 후려치고 싶었다.

"네, 맞습니다. 제가 바보 같은 질문을 했네요."

"누구나 가끔은 그럴 때가 있는 법이죠."

부드럽게 웃는 임하영. 차수정은 입술 안쪽을 지그시 깨물었다.

"어머님, 저는⋯⋯."

"태천 그룹의 의뢰를 받아 찾아오셨나요?"

조심스러운 질문. 임하영의 눈에는 희미한 공포가 드러나 있었다. 그걸 보면 아직 아들의 얘기를 듣지 못한 모양이었다.

"아뇨, 제가 찾아온 건 태천 그룹과 전혀 무관합니다."

"그런가요. 다행이네요."

임하영이 안도의 한숨을 내쉬었다. 태천 그룹 이상의 존재들에게 찍혔다는 것은 아예 모르는 듯했다.

"내 정신 좀 봐. 손님을 계속 밖에 세워두기만 했네요."

"네?"

"들어가서 얘기하도록 해요. 그편이 서로 편하지 않겠어요?"

"그건……."

차수정은 말끝을 흐렸다. 이러지도 저러지도 못한 채 머뭇거리는 자신이 한심하게만 느껴졌다.

이제는 그 이유를 알 것 같았다. 어째서 자신이 계속 주저했었는지를.

'이들은 그저 무고한 사람들일 뿐이니까.'

적시운의 가족들은 그 어떤 잘못도 저지른 적이 없다. 오히려 잘못은 국가가 이들에게 저질렀다. 적시운에게 약속했던 조건들을 손바닥 뒤집듯 날려 버린 것은 대한민국 정부였다.

적시운의 가족들이 달아나야 할 이유는 같은 것은 그 어디에도 없었다. 신분을 위장해 가면서 몰래 이곳으로 돌아와야 할 이유도 없었다.

끼이익.

임하영이 병실 문을 열었다. 자그만 공간 끝 침대에 창백한 인상의 여인이 누워 있었다.

아직 소녀티를 채 벗지 못한 20대의 여성. 필시 적세연일 터였다.

임하영이 잠들어 있는 딸에게 다가갔다. 딸의 머리칼을 가만히 쓸어내리는 그녀에게서 세상을 떠난 어머니의 얼굴이 겹쳐 보였다.

"어머님."

차수정이 가까스로 말을 꺼냈다.

"적시운 선배가, 시운 선배가 돌아왔어요."

움찔.

임하영의 손길이 멈췄다. 마치 정지 화면처럼 그녀는 한동안 굳은 채로 앉아 있었다.

"그게…… 정말인가요?"

"네."

차수정이 대답했다.

"며칠 전에 신 종로에서 일어난 사건, 그리고 태천 그룹 본사에 풍차가 내리꽂힌 사건…… 모두 적시운 선배가 일으킨 일이에요."

임하영이 천천히 고개를 돌려 차수정을 바라봤다. 메마르고 주름진 눈가에 물기가 고여 있었다.

"정말로 그 아이가, 시운이가 살아 돌아왔다고요?"

"네, 제가 어머님을 찾아온 것은 그 때문이에요."

한번 말문이 열리니 일사천리. 먹먹하던 가슴이 뻥 뚫리는 것만 같았다.

"김무원 부장님의 경우와 비슷하게, 적시운 선배 역시 정부와 척을 지게 되었어요. 자세한 사정을 설명드리기는 어렵지만…… 저 또한 선배를 적대할 수밖에 없는 상황이에요."

"그래서 우리를 찾아온 거군요."

임하영이 씁쓸히 중얼거렸다.

"우리를 인질로 삼기 위해서요."

"네, 하지만 마음이 바뀌었어요."

임하영의 눈에 의문이 스쳤다.

"그게 무슨 뜻인가요?"

"따님이 깨어나면 곧장 이곳을 떠나세요. 뒤도 돌아보지 말고 과천 특구로 달아나세요."

"그렇다면 브로커에게도 얘기를……."

"아뇨, 그를 믿으셔선 안 돼요. 제가 어떻게 어머님과 따님의 위치를 알아냈으리라 생각하세요?"

"……!"

차수정의 말뜻을 이해한 임하영의 표정이 굳었다. 반면 차수정은 차분한 어조로 말을 이어갔다.

"적시운 선배는 강해졌어요. 10년 전과는 비교도 할 수 없을 정도로요. 지금의 선배라면 정부의 손아귀로부터 어머님과 가족분들을 지킬 수 있을 거예요."

"시운이가…… 말이군요."

"네, 선배가요."

차수정은 애써 미소를 지어 보였다.

"브로커 쪽은 제가 처리하겠어요. 그러니 어머님은 따님과 함께 달아나는 데에만 집중해 주세요."

"그래도 괜찮겠어요, 수정 양? 이 일이 알려지기라도 하면 문제가 커질 텐데요."

"저는……."

동생의 얼굴이 아른거렸다. 하지만 차수정은 이미 마음을 굳힌 뒤였다.

"저는 괜찮습니다. 어떻게든 감당할 수 있을 거예요."

"하지만, 수정 양."

"전 괜찮아요. 그러니 어머님께서는……."

차수정의 목소리가 잦아들었다. 예리한 바늘이 피부를 파고드는 듯한 기분.

그녀의 온몸에 소름이 돋았다. 차수정은 헐레벌떡 창가로 달려가 바깥을 확인했다. 그녀의 얼굴이 절망적으로 일그러졌다.

"말도 안 돼……!"

병원 앞 주차장으로 흑색 밴이 여러 대 들어서고 있었다. 각 밴의 천장에는 방패를 등에 얹은 호랑이가 그려져 있었다. 신서울 수비대를 상징하는 그림이었다.

여러 대의 중형차가 그 뒤를 따라 들어왔다. 하나같이 검게 코팅이 되어 있는 차량들. 특무부 요원용 차량이었다.

"대체 어떻게!"

브로커가 다른 이들에게도 정보를 판 것일까? 그게 아니면 그녀가 생각지도 못한 루트로 정보를 알아낸 걸까?

어느 쪽이 되었든 좋지 않았다.

"저들도 우리를 찾아온 모양이군요."

옆으로 다가온 임하영이 말했다.

피가 나도록 입술을 깨문 차수정이 임하영의 양어깨에 손을 얹었다.

"지금 빠져나가셔야 해요, 어머님. 제가 저들을 상대로 시간을 끌겠어요. 그러니……."

"그랬다간 수정 양의 입장만 곤란해질 뿐이에요. 차라리 저를 데려가세요. 미끼로 쓰기에는 어미 한 명만으로도 충분하지 않겠어요?"

"그럴 수는 없어요. 그러지 않겠어요."

"수정 양."

차수정은 이를 악물었다.

"기다리세요. 아직 저들이 어떤 목적으로 이곳에 몰려들었는지는 알 수 없어요. 어쩌면 어머님과 따님을 찾아온 게 아닐지도 몰라요."

"그럴 가능성이 높다고 보시나요?"

"낮더라도 확인은 해봐야죠. 그러니 제가 만나고 오겠어요. 그때까진 여기서 기다려 주세요."

차수정은 대답도 듣지 않고서 계단으로 향했다. 한가하게 엘리베이터를 기다릴 시간 따위는 없었다. 요원들은 병동 쪽으로 걸음을 옮기는 중. 그 사이에서 느껴지는 희미한 기운이 있었다.

'이 기운은⋯⋯?'

잠시 후 차수정은 낭패감을 느꼈다.

'이연석 선배!'

분명했다. 그녀와 동급이라 할 수 있는 A랭크의 이능력자. 현재 일본 지부에 파견 나가 있는 베테랑 사이킥이었다. 그런 이연석이 신서울 한복판에 나타난 것이다.

'뭐가 어떻게 된 일이지?'

추측만으로는 알 길이 없었다.

차수정은 미끄러지듯 계단을 내려갔다. 1층 로비에 다다르니 요원들이 마침 안으로 들어서고 있었다.

"출동 명령이 하달되진 않은 걸로 아는데, 무슨 일로 왔지?"

요원들이 그녀를 올려다봤다. 이제 보니 대부분 낯선 얼굴. 이연석과 같은 파견 요원들임이 분명했다.

"신수가 훤해 보이는구나, 차수정."

비꼬는 기색이 역력한 음성. 이연석이 요원들 사이에서 고개를 쑥 내밀었다.

"오랜만이구만."

"그렇군요, 이 선배."

"이 선배? 못 본 새에 말이 좀 짧아졌다?"

"……."

"하긴 나도 못 해본 수석 요원 자리를 꿰차셨으니 모가지가 뻣뻣해질 만도 하겠지. 안 그래?"

이연석이 가래침을 탁 내뱉었다.

차수정은 그 도발을 애써 외면한 채 말을 돌렸다.

"이곳엔 언제 돌아오셨어요?"

"오늘 아침. 해저 철도 타고서 뭐 빠지게 달려왔지."

한국과 일본 열도를 잇는 유일한 교통수단인 해저 철도. 차수정의 기억대로라면 부산에서 후쿠오카까지 2시간 내에 주파하는 게 가능했다.

"원래대로면 당분간 돌아올 일도 없는 건데 이번에 워낙 너희가 개판을 쳐 놔서 말이야."

이연석이 하얀 송곳니를 드러내며 웃었다.

"적시운, 그 새끼. 돌아왔다며?"

"……그래요."

"대한민국 특무부도 볼 장 다 봤구만. 고작 B랭크 나부랭이한테 먼지 나게 탈탈 털리고 말이야."

"적시운 선배는 이 선배가 알고 있던 그 사람이 아니에요. 그보다 여기는 무슨 일로 찾아왔죠?"

"그건 네가 설명해야지."

이연석의 미소가 짙어졌다.

"우리는 그냥 널 따라온 것뿐이니까."

위치 추적!

차수정의 낯빛이 창백해졌다. 최대한 냉정을 유지하려 했지만 쉽지가 않았다.

그녀의 표정을 본 이연석이 고개를 끄덕였다.

"뭔가가 있구만. 이곳에 말이야."

3

'멍청이! 초짜도 하지 않을 실수를 하다니.'

차수정은 이를 악물었다.

정부는 모든 것을 감시할 수 있다. 현직 공무원이라 해서 예외가 될 수는 없었다.

'추적당할 가능성을 생각했어야 했는데!'

추격대와 별개로 행동하게 된 시점부터였을 것이다. 그녀에게 감시의 눈동자가 향하게 된 것은.

"그자는 자네에게 비교적 우호적인 태도를 보이더군."

청문회에서 들었던 말.

그때 이미 그들은 생각을 굳혔을 것이다. 차수정 또한 딴마음을 품게 될지도 모른다는 생각을. 동생을 암시하는 말을 건넨 것도 아마 그 때문일 터였다.

'그리고 이제는…….'

"보아하니 정곡을 찔린 모양이군?"

이연석이 흥분한 태도로 두 손을 비볐다.

"시간 낭비하고 싶지 않으니 어서 말해. 이곳 종합병원을 찾아온 이유는 뭐지? 적시운 그놈과는 무슨 관계가 있고?"

"……."

"입 닥치고 있으려고? 뭐, 좋을 대로 해. 이 안에 있을 것이 확실하니 한번 이 잡듯이 뒤져 보면 되겠지."

이연석이 요원들에게 눈짓을 했다. 사나운 미소를 지은 요원들이 앞으로 걸어 나왔다.

"더 이상 다가오지 마."

차수정이 싸늘한 어조로 말했다.

"너희 심장, 싹 얼려 버린다."

"……."

기세등등하던 요원들이 순간 주춤했다. 이연석은 헛웃음을 짓고 있었다.

"미쳤구나, 차수정. 적시운 그놈하고 제대로 붙어먹은 모양이지?"

"천박한 소릴랑 집어치워요, 이 선배. 난 사적인 용무로 이곳에 왔을 뿐이고 적시운 선배와는 아무 관계도 아니에요."

"또 그따위로 지껄이는군. 적시운 그 새끼는 꼬박꼬박 이름을 다 불러주면서 나는 고작 이 선배냐?"

"그게 그렇게 중요한 일인가요?"

"중요하지. 네년에게 선배에 대한 예우가 없다는 뜻이니까."

차수정은 냉소를 머금었다. 이렇게나마 시간을 끌 수 있다면 좋은 일이었다.

"똥군기 내세울 짬밥은 예전에 한참 지나지 않았어요? 부끄러운 줄 아시죠."

"이게 못 본 사이에 단단히 미쳤군. 나한테 맞먹으려 들줄은 몰랐는데."

이연석이 혀로 입술을 핥았다. 날카로운 삼백안이 섬뜩한 빛을 뿜었다.

"내 발밑을 기어 다니며 용서해 달라고 울부짖게 만들어 주랴?"

"항상 그런 식이니까 내가 선배를 싫어하는 거예요. 제대로 대접받고 싶다면 그만한 자격을 갖추세요."

"하. 그래서, 적시운 그놈은 자격을 갖췄다는 거냐?"

"적어도 선배보다는 낫겠죠."

이연석의 얼굴에서 장난기가 완전히 사라졌다.

"좋아. 입 터는 솜씨는 제법이란 걸 인정해야겠군. 하지만 네년은 내 역린을 건드렸어. 결코 건드려선 안 될 부분을 말이야."

"……"

뿌득. 뿌드드득!

이연석의 몸집이 크게 부풀었다. 팽팽한 승모근이 정장을 찢으며 튀어나왔다. 번들거리는 피부는 구릿빛을 넘어 핏빛에 가까워졌다.

A랭크 버서커의 육체 강화술이었다.

쉬이이이……!

급격한 근육 팽창으로 인해 이연석의 체온이 급상승하여 그의 몸 곳곳에서 새하얀 김이 모락모락 피어났다.

"현 시간부로 변절자 차수정을 제압한다. 그렇게 보고 올려."

부하에게 말을 뱉은 이연석이 광기 어린 눈으로 차수정을 돌아봤다.

"넌 이제 뒈졌다, 망할 년아."

"이 선배! 설마 병동에서 싸울 생각은……!"

"조져 버려!"

이연석의 외침과 함께 요원들이 공세에 들어갔다.

선봉은 염동력. 각기 다른 두 개의 힘이 차수정의 양팔을 노렸다. 관절 사이의 틈새에 염동력을 가해 팔을 부러뜨리려는 수작.

차수정은 빠르게 회피하는 한편 요원들의 발아래를 그대로 동결시켰다.

그녀를 뒤쫓으려던 요원들이 앞뒤로 벌러덩 자빠졌다.

"제기랄!"

"빌어먹을 년!"

당혹감 속에 욕설을 토해내는 요원들. 차수정은 그들을 향해 일갈했다.

"이 건물 안의 민간인과 환자만 해도 수백 명이야! 그런데도 싸우겠다고? 그들이 어떻게 되든 상관없다고?"

"쫄리면 항복하든지!"

날카롭게 받아친 요원이 권총을 갈겼다. 발사된 탄환은 차수정에게 닿지 않고 얼어붙어선 땅에 떨어졌다.

얼음 방패.

다가오는 모든 것을 동결시킨다. 운동에너지가 극단적으로 감소되는 만큼 거의 모든 공격에 효과적으로 대응할 수 있는 보호막이었다.

"흥!"

코웃음을 친 이연석이 냅다 땅을 박찼다. 정면으로 치고 들어오는 그를 향해 차수정은 모든 기운을 집약시켰다.

쿠구구구.

얼어붙는 육체.

이연석의 몸뚱이 위로 새하얀 서리가 내렸다. 2미터에 달하는 거구가 차차 느려지더니 바닥에 발을 붙이고서 멈추었다.

그러나 끝이 아니었다.

쩌적. 쩌저적!

푸확!

서리 위로 균열이 생겨나더니 대량의 수증기가 터져 나왔다. 삽시간에 퍼진 안개가 주변을 뒤덮었다.

숨을 쉬기 버거울 정도의 습기.

차수정은 눈살을 찌푸리면서도 이어질 공격에 대비했다.

휘이이이!

안개를 뚫고서 주먹이 날아들었다. 다시 방패를 펼치려

했으나 때마침 다른 요원들이 연합하여 그녀의 힘을 상쇄시켰다.

"칫!"

최소한의 힘만으로 자신의 발밑을 얼린 차수정이 그대로 미끄러졌다.

절체절명의 순간에 펼쳐진 임기응변.

그녀는 이연석의 옆구리로 빠져나가며 요원들을 향해 쇄도했다.

"잡아!"

육체 강화계 요원들이 냅다 달려들었다.

차수정은 품 안에서 자그만 아티팩트를 꺼냈다. APB, 이능력 무력화 탄환이 장전된 리볼버였다.

탕!

재빨리 겨냥하고서 그대로 갈겼다. 탄환은 가장 가까이 있던 요원의 복부에 박혔다.

"하! 이까짓 탄환…… 쯤은……!"

요원의 낯빛이 새파랗게 변했다. 탄환이 깨지면서 퍼져 나온 독액에 의해 체내의 이능력 신경계가 완전히 붕괴된 까닭이었다.

탕탕탕탕!

차수정은 리볼버 패닝을 펼쳐 4발을 추가로 갈겼다. 4명의 요원이 거짓말처럼 고꾸라졌다.

"이년이!"

이연석이 뒤를 덮쳤다.

차수정은 급히 몸을 돌리며 얼음 방패를 펼쳤다. 동시에 약실에 남은 마지막 한 발을 이연석의 미간에 대고 갈겼다.

탕!

불을 뿜으며 총구를 떠난 탄환이 이연석의 미간으로 빨려 들어갔다. 그러나 피부를 파고들기 직전, 이연석이 초인적인 스피드로 고개를 젖혀 탄환을 흘려냈다.

"……!"

"애들 장난 따윌!"

순수한 물리력의 정수인 주먹이 날아들었다. 차수정이 방어에 기운을 집중시켰으나 이연석의 주먹은 기어코 얼음 방패를 깨뜨렸다.

으적!

최대한 빨리 몸을 굴렸는데도 주먹이 어깨를 스쳤다. 그것만으로도 어깨뼈가 고스란히 으스러졌다.

"……!"

차수정은 이를 악문 채 신음을 참았다.

가히 초인적인 인내심.

그러나 표정만은 숨길 수 없는 듯, 그녀의 얼굴은 잔뜩 일그려져 있었다.

"훗!"

냉소를 머금은 이연석이 공세를 이어갔다. 복싱을 기반으로 한 스텝과 펀치가 차수정을 집요하게 따라붙었다. 대부분 얼음 방패에 막혔으나 한두 방이 꿰뚫는 경우가 있었다. 그럴 때마다 차수정의 몸은 만신창이가 되어갔다.

콰드득!

빗나간 공격을 받은 콘크리트 벽이 물풍선처럼 터져 나갔다. 돌무더기 사이로 차수정의 몸이 바닥을 굴렀다. 그녀의 온몸은 피투성이였다. 엉망으로 찢어진 정장 사이로 비치는 맨살엔 피멍이 들지 않은 곳이 없었다.

단순한 1:1이라면 이렇게까지 압도당하진 않았을 것이다. 하지만 이연석을 따라온 요원들이 문제였다. 그들이 적재적소에 힘을 가해 차수정의 힘을 상쇄시키니 당해낼 재간이 없었다.

"용케 이만큼이나 버텼군그래."

가래침을 탁 뱉은 이연석이 싸늘한 눈으로 차수정을 내려다봤다.

"그래 봤자 버러지지만."

"……."

주변은 말 그대로 난장판이었다.

모두가 달아나 버린 1층 로비는 폭격이라도 맞은 것처럼 박살이 나 있었다. 그나마 전투 공간이 이곳에만 한정된 것이 다행.

이연석이 독하게 마음을 먹거나 차수정이 달아나려고만 했어도 병원 전체로 파괴가 확산됐을 것이다.

"듣자 하니 7살 터울의 남동생이 투병 중이라며? 돈깨나 깨지는 모양이던데 이번 일로 완전히 호흡기 떼게 생겼군."

"닥쳐."

간신히 말을 뱉은 차수정이 밭은기침을 토했다. 선홍색 핏방울이 바닥을 적셨다.

"윗대가리들은 되도록 생포하라고 했지만 굳이 그럴 필요는 없겠지. 저항이 심해서 사살했다고 보고하면 그만이니."

"……."

"이제 끝이다."

저벅저벅.

다가온 이연석이 발을 들었다. 차수정의 머리 위로 큼직한 그림자가 드리웠다. 그녀 또한 위기를 인지하긴 했으나 몸이 말을 듣지 않았다.

"그만하세요."

떨리는 와중에도 차분한 음성.

발을 치운 이연석이 고개를 돌렸다. 반파된 층계 쪽에서 중년 여인 한 명이 얼굴을 내밀고 있었다.

"뭐요?"

"제가…… 시운이 어머니 되는 사람입니다."

차수정은 질끈 눈을 감았다. 이연석의 입가에 비릿한 미소가 걸렸다.

"아하, 그러시구만."

"아마도 저 때문에 찾아오신 거겠죠. 하라는 대로 따를 테니 이제 그만하세요."

"그러면야 나야 좋기는 한데."

이연석이 슬그머니 차수정의 머리를 발끝으로 눌렀다. 죽지는 않을 정도, 그러나 고통스러울 정도로 힘을 주는 이연석. 형언하기 힘든 고통에 차수정이 몸을 떨었다.

"아아악!"

"일단 이년부터 죽인 다음에 얘기합시다, 아주머니."

"그, 그만하세요!"

"싫은데?"

이연석의 눈에 실린 광기에 임하영은 할 말을 잃었다. 대체 무슨 일을 겪었기에 사람이 저렇게나 망가질 수 있는지 의문이었다.

"나는 말이에요. 맺고 끊는 게 확실한 사람이거든. 그래서 알랑방귀 잘 뀌는 것들한테는 그럭저럭 대해주지만 이년처럼 천지 분간 못 하고 나대는 년은 확실히 밟아주지. 그래야 다시는 기어오르지 못하니까."

이연석이 천천히 발을 뗐다. 차수정은 몸을 부르르 떨면서 가까스로 숨을 토하고 있었다.

"흠, 이 짓도 계속하려니 싱겁군. 슬슬 끝내고 돌아갑시다, 아줌마."

이연석이 주먹을 그러쥐었다. 마치 송판을 격파하려는 듯한 자세를 취했다. 무엇을 하려는 건지 뻔한 모습.

임하영의 낯빛이 창백해졌다.

"그만!"

"싫다니까."

시큰둥하게 대꾸한 이연석이 주먹을 내리찍었다.

쿠구구구!

주변의 풍광이 쏜살처럼 스쳐 갔다.

밀리아, 헨리에타와는 상당히 떨어진 지 오래.

그녀들더러 뒤따라오라고 하고서 전력으로 시우보를 펼쳐 달린 적시운이었다.

삽시간에 옛 천안의 시가지에 다다랐다. 적시운은 지난번에 사용했던 입구를 다시 찾았다.

콰직!

이번엔 한가로이 엘리베이터를 타고 갈 상황이 아니었기에 벽을 뚫고 쇄도했다. 얼마 지나지 않아 신서울 시가지가 나타났다.

'종합병원!'

위치는 대략 알고 있었다. 그곳을 향해 날아가려니 얼마 지나지 않아 살기를 느낄 수 있었다. 제법 강력한 기운이 병원 안에서 꿈틀대고 있었다.

그것을 확인하자마자 적시운은 시우보에 박차를 가했다.

파앙!

음속을 뛰어넘어 돌진하는 신형. 적시운은 한 줄기의 바람이 되어 병원의 정문을 뚫고 들어갔다.

거구의 사내가 주먹을 내리찍으려 하고 있었다. 익숙한 여인이 그러지 멈추라며 소리치고 있었다.

적시운의 배 속 깊은 곳에서 뜨거운 무언가가 솟구쳐 올랐다.

쾅!

폭풍이 된 적시운의 주먹이 사내의 등허리에 내리꽂혔다.

4

신서울 수비군 행정본부에 적색경보가 발령됐다.

"북서부의 게이트가 뚫렸습니다!"

"뚫렸다니. 어떤 게이트 말이냐?"

"현재는 폐쇄된 델타 게이트입니다. 강력한 물리력에 의해 파괴된 것을 자기장 탐지기가 감지했습니다!"

"마수 놈들의 공습인가? 하지만 어떠한 전조도 없었는데?"

본부장의 낯빛이 새하얘졌다. 일말의 징조도 없이 마수가 나타나는 경우는 단 하나, 이차원 게이트가 열렸을 때뿐이었던 것이다.

'설마 이번에도……?'

다행히도 그건 아니었다. 신서울 상공을 순찰하는 무인 드론들이 델타 게이트의 파괴자를 발견한 것이다.

"침입자는 현재 아음속으로 비행 중입니다. 신원은…… 단 한 명의 인간으로 추정됩니다."

"뭣이 어째?"

본부장이 얼빠진 표정을 지었다. 멀쩡한 입구를 놔두고 옛적에 폐쇄된 게이트를 뚫고 들어오다니, 그걸로 모자라 음속으로 상공을 질주 중이라니.

'이건 대체 뭐 하는 미친놈이란 말인가?'

넋이 나간 채 있으려니 관료용 보안 채널에 번뜩 불이 들어왔다. 수비대 특임장관 윤필중이었다.

−대체 뭐가 어떻게 된 건가!

"그, 그것이 말입니다."

본부장은 더듬더듬 보고를 올렸다. 게으르기 짝이 없는 저 인간이 대체 어떻게 사태를 파악하고서 연락했는지 의아해하며.

설명을 들은 윤필중의 표정이 잔뜩 일그러졌다.

−그놈인가……!

"예? 뭔가 알고 계십니까?"

본부장이 질문했으나 윤필중은 대답하지 않았다. 그저 심각한 얼굴로 침묵하다가 명령을 내릴 따름이었다.

−동원 가능한 수비대 병력을 전부 소집하게.

"예? 전부 말씀입니까?"

−그래! 귓구멍에 뭐 박았나?

"죄송합니다."

본부장이 황급히 고개를 기역 자로 숙였다. 속으로는 오만 가지 욕설을 퍼부으며.

"현재 동원 가능한 병력은 1연대와 3연대입니다."

−2연대는 어쩌고?

"세종시에 훈련 나간 상태입니다."

-훈련은 무슨 얼어 죽을 훈련! 그거 핑계 삼아서 처놀고 있는 것을 누가 모를 줄 아나!

본부장은 찔끔하면서도 내심 혀를 찼다.

수비대가 훈련 핑계로 놀고먹는다는 거야 공공연한 사실이지만, 그걸 은연중에 장려했던 건 윤필중 본인이 아니던가?

원흉이라 할 수 있는 인간이 핏대 세워가며 저 난리를 치니 어이가 없을 따름이었다.

-당장 2연대도 소집하게! 적시운 그놈을 해치워 버려야 해!

"아, 알겠습니다. 지금 바로 호출 명령을 내리겠습니다."

본부장이 연신 고개를 조아렸다. 분노한 얼굴로 그 모습을 바라보던 윤필중이 화면을 껐다. 굵직한 손가락 사이에서 한 모금도 빨지 않은 담배가 속절없이 타들어 갔다.

"적시운……!"

원래는 놈을 회유할 계획이었다. 놈에 대해선 거의 아는 바가 없었고 A랭크 사이킥이라면 쓸 만하겠거니 생각했으니까.

아들인 윤주성이 망신을 당하긴 했지만 그거야 기록에도 남지 않을 일이니 문제는 없었다.

한데 그 이후가 문제였다. 놈은 제어할 수 없는 폭주 기관

차였다. 다른 곳도 아니고 특무부 본청에 막무가내로 쳐들어 간 것이다.

심재윤은 곤죽이 되었다.

그뿐인가?

놈은 김무원을 찾아가 피신시키기까지 했다. 그 과정에서 특무부 정예 요원들이 개박살 난 것은 덤이었다. 나아가 한국 정재계의 정점인 태천 그룹까지 테러를 당했다.

'미쳐도 단단히 미친놈!'

이것은 대한민국에 대한 정면 도전이었다. 참작의 여지가 없는 반역이요 모반이었다.

죽여야 했다.

그 일념으로 추격자를 파견해 놈의 무리를 뒤쫓게 했다.

그리고 몇 분 전, 전투 비행정 흑호가 대파되었으며 추격 대원 대다수가 전투 불능이 되었다는 보고를 받았다.

머릿속은 새하얗게 탈색된 뒤. 이제는 분노뿐 아니라 공포까지 느껴질 지경이었다.

그런 와중에 적시운이 신서울 지하 도시에 뛰어든 것이다.

모든 것이 1시간이 채 되지 않는 짧은 시간 동안 이루어졌다.

사고의 사각을 꿰뚫는 스피드와 행동력.

윤필중에게 남은 건 계획이나 작전이 아니라 악과 공포

였다.

"놈이 무슨 짓을 벌일지 모른다. 자칫하면 우리나라가, 대한민국이 뿌리째 흔들리게 될지도 모른다!"

초조하게 중얼거리는 윤필중.

에어컨 바람이 쌩쌩 부는 와중에도 그의 이마는 땀에 젖어 있었다.

대체 놈은 뭐란 말인가?

일개 특무요원 따위를 장관인 그가 알 리는 만무했다.

그래서 정보를 찾아보았다. 그러나 10년 전에 사망 처리됐다는 게 알 수 있는 전부였다.

한데 그 경위가 불분명했다. 정확한 정황 보고가 누락되었던 까닭이다.

원인은 하나뿐.

당시 특무부장인 김무원이 정보를 은폐한 것이다.

"대체 무엇 때문에?"

삐빅.

알림음이 울렸다.

대한민국의 핵심 수뇌부, 내각의원들만이 이용 가능한 네트워크 시스템에 사진 파일 하나가 업로드되었다.

"……."

윤필중의 시선이 모니터 화면에 닿았다. 이내 그의 눈빛이 가늘게 떨렸다.

화면 정중앙엔 빛바랜 보고서가 있었다. 극비 문서임을 나타내는 붉은 글씨 아래에 자리 잡은 글귀.

[타임 슬립 프로젝트(Time sleep Project)]

아포칼립틱 데몬 로드, 코드네임 천마.

최강의 마수를 제거하기 위해 실시된 특수 작전.

문자 그대로 시공을 초월하기 위한 거대 프로젝트였다.

표면상으로는 말이다.

애초부터 중국 주도의 작전이었고 타 국가들의 반응은 미적지근했다. 당장 한국만 해도 단 한 명의 요원만을 차출했을 정도.

어느 누구도 이 계획이 성공하리라 생각하지 않았다.

그 결과는?

세계는 변화하지 않았고 타임 슬리퍼들은 돌아오지 않았다.

타임 슬립 프로젝트는 그렇게 실패했다.

모두가 그렇게만 알고 있었다.

지금까지는.

"……!"

마우스를 쥔 윤필중의 손이 부르르 떨렸다.

날카로운 인상의 청년이 모니터 안에서 그를 노려보고 있었다.

사진 옆에 적혀 있는 짤막한 프로필이 눈을 후비고 들어오는 듯했다.

"적…… 시운!"

적시운은 한줄기 섬전이었다.

시우보의 스피드만 해도 바람을 찢어발기는 수준인데 무의식중에 염동력까지 동원해 육체를 밀어내고 있었다.

모든 것은 가족을 향한 염원의 힘.

그 결과는 적시운조차 예기치 못할 정도의 스피드였다.

콰과과과!

신서울 상공을 굉음이 뒤흔들었다. 고층 빌딩의 유리창들이 깨져 나가고 혼란이 발생했다.

정작 적시운은 그런 상황을 인지하지 못했다. 모든 정신을 오로지 하나, 종합병원으로 향하는 데에 쏟고 있었던 까닭이다.

그러한 무아지경은 병원 문을 부수고 들어갈 때까지도 계속됐다. 그 와중에 익숙한 비명 소리까지 듣고 나니 이성이 마비될 지경이었다.

주먹을 뻗는다.

적시운이 오로지 거기에만 신경을 쏟는 와중.

뇌리를 흔드는 일갈이 터져 나왔다.

[그녀까지 죽일 셈인가!]

'……!'

적시운이 주먹을 뻗기 직전.

찰나의 순간이었다.

결과는 분명했다. 권격은 로비를 송두리째 파괴할 것임이 분명했다. 나아가 자칫하면 병원 건물이 붕괴될 정도의 여파를 만들지도 몰랐다.

그래서는 안 됐다.

결단코 안 될 일이었다.

그곳엔 어머니가 있었으니까.

'으아아아!'

신경계가 인지할 수 있는 최소 단위의 순간.

적시운은 육체를 밀던 염동력을 모조리 바깥으로 발산했다.

목적은 하나.

보호막을 씌우는 것이었다.

보호할 목표물은 둘이었다.

거구의 사내가 주먹을 내려찍으려는 대상, 그리고 계단에서서 비명을 토하는 여인.

모든 과정은 찰나지간에 이루어졌다.

랭크 개념을 초월한 정신력이 있기에 가능한 일이었다.

그 모든 복잡한 메커니즘 뒤로 적시운의 주먹이 사내의 등 허리에 꽂혔다.

콰과과광!

1층 로비에 폭풍이 몰아쳤다. 대량의 폭약이라도 터뜨린 듯한 풍압이 사방을 휩쓸었다.

권격 자체의 위력, 거기에 음속의 도움닫기까지 더해진 물리력은 경천동지의 레벨이었다.

마지막 순간에 적시운이 제동을 걸지 않았다면 병원 전체가 폭삭 가라앉았을지도 모른다.

쿠구구구……!

폭풍이 잦아들었다.

온통 흙먼지로 뒤덮인 공간 속에서 적시운은 황급히 기감을 펼쳤다.

권격을 맞은 사내는 벽을 관통해 바깥으로 날아간 뒤.

주변에 있던 요원들은 권격의 여파에 휘말려 곳곳에 처박혀 버렸다.

그리고 적시운의 발아래. 피투성이 여인이 가까스로 호흡을 이어가고 있었다.

'차수정?'

왜 그녀가 이곳에 있는지 의문이 들었다.

하지만 지금은 살펴야 할 우선순위가 따로 있었다.

적시운은 곧장 층계로 향했다. 자욱한 흙먼지가 커튼처럼 좌우로 걷혔다. 그 너머, 투명한 염동력의 막 안쪽에 그녀가 있었다. 당혹감과 공포, 혼란과 놀람이 뒤섞인 표정을 하고서. 이윽고 놀람과 기쁨이 그 자리를 차지했다. 적시운의 얼굴을 확인한 여인이 두 손으로 입을 가렸다.

적시운은 입술을 뗐다.

"엄마."

목이 메여 그런지 목소리가 갈라졌다.

임하영은 두 팔을 벌려 적시운을 껴안았다.

"시운이니? 정말 우리 시운이 맞니?"

"예……."

"시운아! 내 아들!"

하고픈 말이 수도 없이 떠올랐다. 하지만 정작 입으로 흘러나오는 것은 언어가 아닌 흐느낌뿐이었다.

모자는 한동안 서로를 안은 채 눈물을 흘렸다.

임하영이 고개를 뺐다. 그러고는 두 손으로 적시운의 얼굴을 쓸어 눈물을 닦아주었다.

"10년 전하고 거의 변한 게 없구나."

10년이란 단어가 가슴 깊은 곳을 도려내는 듯했다.

강산이 변한다는 시간 동안 그녀와 가족들이 겪었을 일이 어떠했을지 생각하니 가슴이 미어졌다.

"이젠 제가 돌아왔으니 걱정하지 마세요. 엄마와 누나, 세연이를 다시는 고생시키지 않을 거예요."

"시운아…… 내 아들……."

"세연이, 여기에 있죠?"

임하영이 고개를 끄덕였다.

적시운은 내심 안도의 한숨을 내쉬었다.

조금 전에 힘 조절을 조금만 잘못했다면 병원이 붕괴됐을지도 모를 일.

그 전에 임하영이 충격파에 휘말렸을 가능성이 컸다.

그런 재앙을 방지할 수 있었던 데엔 천마의 외침이 큰 역할을 했다.

'제때 말려줘서 고마워, 천마.'

[흠.]

평소라면 이걸 꼬투리 잡고 놀려먹었을 만도 한데 천마는 미적지근한 반응만 보였다.

의아하긴 했지만 나중에 묻기로 했다.

"일단 세연이를 데리고 여기부터 나가죠."

"잠깐 기다리렴."

임하영이 계단을 내려가 차수정을 부축하려 했다.

급히 따라간 적시운이 차수정을 안아 들었다.

"그 아가씨, 우리를 지키려다가 그렇게 다치고 말았단다."

"엄마와 세연이를요?"

"그래, 네 후배라면서?"

그렇기는 했다. 하지만 적이면 적이지 아군이라 할 수는 없는 입장이었다. 그런데도 임하영과 적세연을 지키려 했다는 게 의외였다.

어쨌든 그게 사실이라면 죽게 둘 수는 없었다. 다른 사람도 아니고 어머니의 앞에서라면 더더욱.

우우우웅.

적시운이 차수정의 몸속으로 내공을 흘려 넣었다. 창백하던 차수정의 얼굴에 혈색이 돌아오고 호흡도 안정되었다.

"으으음……."

미약한 신음을 내뱉는 차수정의 얼굴은 한결 편안해져 있었다.

그것을 본 임하영이 놀란 얼굴을 했다.

"시운이 네가 한 거니?"

"네, 자세한 설명은 나중에 해드릴게요. 우선은……."

말끝을 흐린 적시운이 차수정을 조심스럽게 내려놓았다.

"잠시만 기다려 주세요. 금방 돌아올게요."

임하영이 고개를 끄덕였다.

적시운은 구멍이 난 벽 바깥으로 신형을 쏘았다.

to be continued

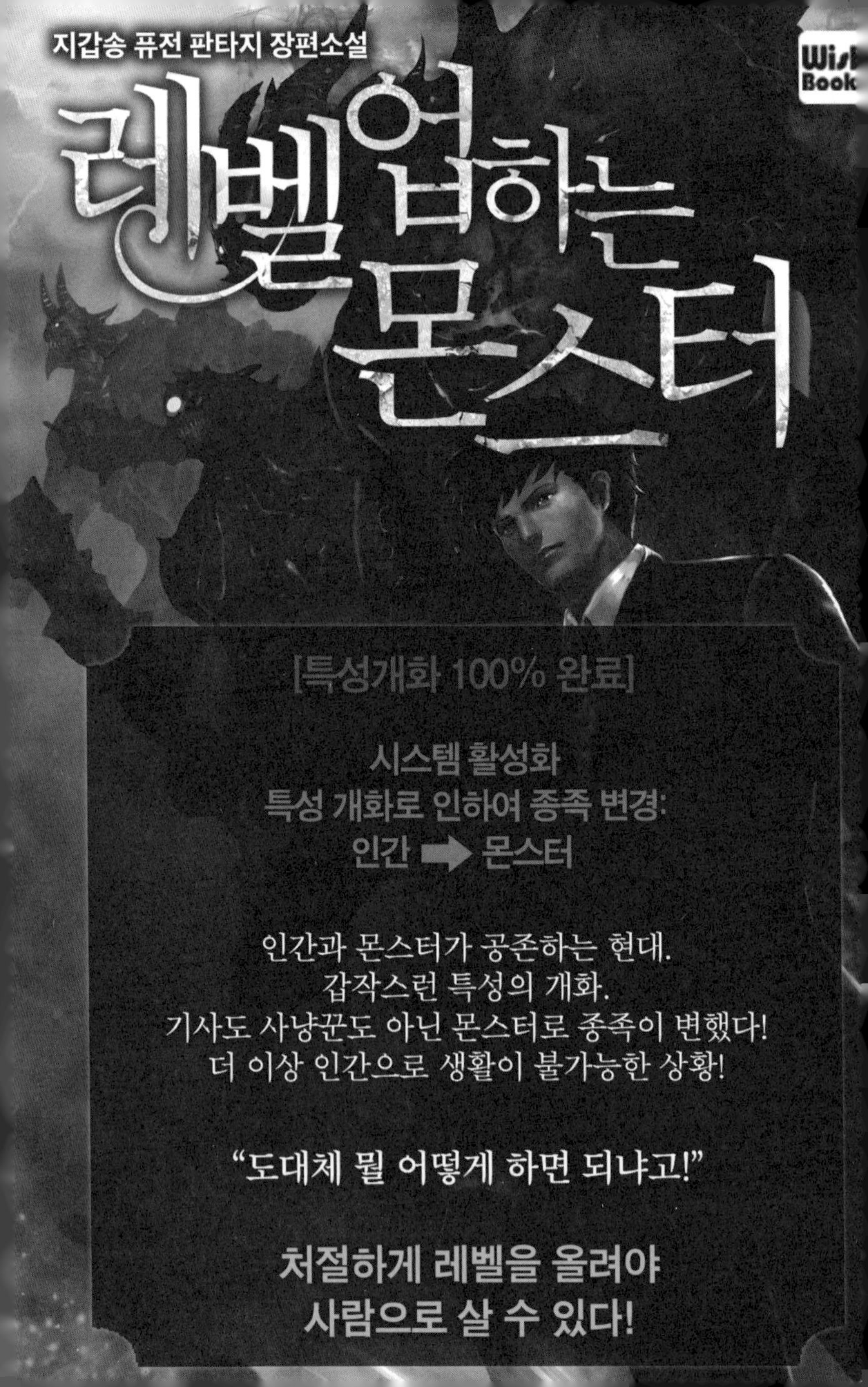
지갑송 퓨전 판타지 장편소설
레벨업하는 몬스터
[특성개화 100% 완료]
시스템 활성화
특성 개화로 인하여 종족 변경:
인간 ➡ 몬스터
인간과 몬스터가 공존하는 현대.
갑작스런 특성의 개화.
기사도 사냥꾼도 아닌 몬스터로 종족이 변했다!
더 이상 인간으로 생활이 불가능한 상황!
"도대체 뭘 어떻게 하면 되냐고!"
처절하게 레벨을 올려야
사람으로 살 수 있다!

SUPER ACE
슈퍼에이스

예성 장편소설

야구 선수의 프로 계약금이 내 꿈을 정했다.

"왜 야구가 하고 싶니?"

**"돈을 벌고 싶어요!
집을 살 수 있을 만큼!"**

시작은 돈을 벌기 위해서였다.
하지만 이제는 꿈의 그라운드를 위해서
메이저리그 명예의 전당을 노린다!

쥐뿔도 없는 회구

목마 퓨전판타지 장편소설

불친절하기 짝이 없는 이세계 '에리아'.
그곳에 소환된 '이성민'.

13년의 생활 끝에 죽음을 맞이한 그에게
또 한 번의 기회가 주어졌다.

재능이 없다.
그러나 그에겐 13년의 기억이 있다.

우연처럼 엮인 필연이, 그리고 목적이
그를 앞으로, 더 높은 곳으로 나아가게 한다.

이성민은 무엇을 바라였는가.
무엇이 되고 싶었는가.

"나는 다시 살아가 보고 싶다.
전생보다 나은 삶을."